美丽乡村是我家

康火南◎著

海峡出版发行集团 | 海峡文艺出版社

图书在版编目(CIP)数据

美丽乡村是我家/康火南著. — 福州:海峡文艺出版
社,2024.9
ISBN 978-7-5550-3815-3

Ⅰ.I267

中国国家版本馆 CIP 数据核字第 2024HZ5833 号

美丽乡村是我家

康火南　著

出 版 人　林　滨
责任编辑　何　莉
出版发行　海峡文艺出版社
经　　销　福建新华发行(集团)有限责任公司
社　　址　福州市东水路 76 号 14 层
发 行 部　0591－87536797
印　　刷　福建东南彩色印刷有限公司
厂　　址　福州市金山浦上工业区冠浦路 144 号
开　　本　700 毫米×1000 毫米　1/16
字　　数　256 千字
印　　张　17
版　　次　2024 年 9 月第 1 版
印　　次　2024 年 9 月第 1 次印刷
书　　号　ISBN 978-7-5550-3815-3
定　　价　65.00 元

如发现印装质量问题,请寄承印厂调换

花儿为什么这样红

◎林万春

"红色是热情的色彩，它强烈、奔放，令人精神振奋。万紫千红的春天，多么活力充沛，生气蓬勃——花儿为什么这样红？"我很喜欢贾祖璋《花儿为什么这样红》的开篇，寥寥数语，一下子就点燃了读者的情绪，让人眼前一亮。自从初中语文课本读到这篇文字，我就爱上了科学随笔和知识小品。福建省是科普文学重地，群星荟萃，高士其是我国科普方面的开拓者，功勋卓著；还有邓拓等一众才子，《燕山夜话》就是优秀的小品。从徐光启的青山绿水、五谷六畜，行行皆学问，他的作品和杨朔、秦牧的散文成了我少年时代的枕边书，知行有度，至今受益匪浅。

花儿为什么这样红？作者拥抱大自然、热爱生活、介入火热的时代，有感而发。几十年来，康火南不愧是福建省科普队伍中的一名闯将，从少年到耄耋白头，始终不忘初衷，这位闽南山沟里出来的汉子，穷尽一生"务农"，一辈子不离农村、农业和农民，"曾经沧海难为水"，不管正业或"副业"，努力做到两手抓。他业余创作的 23 本书，有科技、科普、科幻类，还有儿童文学和散文；曾获全省优秀科普作品一等奖和"十佳科普图书奖";《美丽乡村是我家》获中国散文网生态文学大赛一等奖，多部科技图书获省部级奖项。情切切，意难平，即使退休后，他还重走当年的农村路，跋山涉水，到扶贫过的地方，到工作过的地方去，访亲问故，敲打键盘，回顾众生，描摹风物。文章读来颇具感染力，这种感染力不是无源之水、无病呻吟，而是源于福建省乡村振兴和脱贫致富的火热实践，有情有义，如诗如画。乡愁中难以割舍的，不仅是风物人情，还有生态和芸芸众生，包括那些动物小精灵、一草一木……

喜欢火南的小品由来已久，首先是来自生活，大多亲力亲为，清新感人，充满泥土和露水的芬芳。如《生日青团》："春回大地，万物复苏，鼠曲草、艾草和蒲公英等竞相蹿出地面，给一片枯黄的大地换上绿装。母亲走在绿茸茸的田间小路上，脚边是嫩草和野花，隐隐儿花香。此时，风轻轻吹动母亲的衣衫，蓝天下她弯身寻找鼠曲草，满是皱纹的双手在绿色的海洋中闪动，在我童年的双眼里，如一双蝴蝶翩飞，比舞台上弹钢琴的十指还好看。"在贫困的日子里，鼠曲草不仅仅是野草，青团也不全是农家小吃，和伟大的母爱联系在一起，一下子变得意味不凡。人是怀旧的，即使是遥远的农耕时代，也有值得回味的地方，就算是一只木饭桶、一座打谷桶、一根竹扁担……因为和自己的命运息息相关，哪怕是小小的农具，也有历史的温度和厚度。再读《蜜柚花香》："离开平和30多年了，悠悠蜜柚花香无时无刻萦绕心头。平和荒山绿了，村庄美了，人的精神也大变样，从'要我干'到'我要干'，群众焕发了无穷的力量，一声春雷破茧成蝶，琯溪蜜柚终成脱贫果，农民走上致富路。"康火南深情地说道："在建设科技示范园区时，我与老吴结下深厚友谊，每年蜜柚成熟时，他都要挑上几颗最好的让我品尝。这一次，我挑选皮色最艳、香味最浓的放置书房内，满室芬芳。放在卧室还有助于睡眠，连做梦都会念念不忘柚子的香味，舒舒坦坦，一觉睡到大天光……"似乎作者也要化作一只蝴蝶飞往甜蜜的柚乡。

其次是视角独特，立意不凡，如《曼陀罗花之美》。世上事千奇百怪，有毒的花偏偏很美。闽南乡下有一种野生的马钱科胡蔓藤，老百姓叫它"断肠草"，全身有毒，夏季开花像高举的黄喇叭，香气弥漫。世界上最妖娆的花——罂粟花，却是不折不扣的"死亡之花"。文人喜欢将花喻美人，如虞美人对应虞姬、文殊兰对应卓文君、曼陀罗对应潘金莲……是耶非耶，康火南道："我想给曼陀罗花挂一块卡，提醒花痴小心碰毒。不过，转念一想，曼陀罗花只要能生长在地球一隅，应季开放，绽放少女般天真的笑容，就可以了。它只是造物主赐予的生命，静静地繁衍生长。它只是一株植物，并不懂得人类所定义的美和丑。我知道，事物都有两面性，水可载舟，也可覆舟。就像曼陀罗花，既有毒性特质，也有鲜为人知的另一面。曼陀罗花除了有麻醉作用，还有止咳平喘功效，但不论用作麻醉还是用来治咳喘，谨遵医嘱就是了。上天有好生之德，愿人类能和花草和谐共处，兴利除弊，共创美好。"

其三是作品既有科学性，又有文学性，叙述生动，如《桃园飞鹊鸲》。春天，老赵在桃园救助了一只鹊鸲，夏季，一群小鸟在知恩图报的鸟妈妈带领下来到桃园，忙忙碌碌为果树巡逻，捕捉害虫，什么步行虫、蝼蛄、浮尘子等等统统不在话下，为桃林立下累累战功。老赵家每年的桃子品质上乘，没残药，没化肥，又甜又香，还没下树就被商家抢购一空，短短五年他摘掉了贫困户的帽子，盖起了三层钢筋水泥楼。"绯红复绯红，桃园飞鹊鸲。"有一次，老赵站在小屋前，一群鹊鸲栖息在屋顶或树上昂首翘尾鸣叫，声音婉转多变，"吡呀—吡呀—"它在清脆地告诉主人："谢谢您老人家事事为我们着想，伙伴们生活得很幸福！"有的边鸣叫边跳跃，吃饱了还展翅翘尾，将尾巴往上翘，就像小孩子在撒娇。生动的细节和描绘，来自生活和厚实的文学基本功。

姹紫嫣红，花香满径。读康火南的小品，有科学，有生活，不乏文学美，清新自然，仿佛欣赏一首首田园诗。

（林万春，中国作家协会协会员，三明市作协原主席、文学院院长）

古稀之年不伏枥　犹向人间寄深情

◎马　乔

读康老的书稿，我想起两句诗：古稀之年不伏枥，犹向人间寄深情。

我与康老相识于20世纪80年代末，那时他从市里挂职到我老家平和县，先任副县长，继任常务副县长。也许因为沾了我常在报刊上发些新闻稿件的光，康老很快注意到我。有一天他打电话约我晚上到他的宿舍一叙，还特地交待：不要因为从他宿舍窗口看不到灯光就以为他不在，他下班后不欢迎只会阿谀奉承又喜欢胡吹海聊的不速之客到宿舍打扰，于是总用一条黑色线毯挡在窗口，不让屋里的灯光外泄。康老和我约定，在宿舍门上轻叩两长一短，他就会来开门。

正是这一次用上暗号的约会，让我获悉这位副县长在繁忙的公务之余，也有千方百计挤时间读书写作的好习惯，从此由衷地对他保有一份敬仰之心。康老业余创作的良好习惯坚持了逾半个世纪，正是这种孜孜不倦和孜孜以求，让其在公务之余以及退休之后收获了极其丰硕的创作成果：创作农业、农村图书、科技图书7部，儿童文学13部，小小说1部。其中的农业科技类专著《琯溪蜜柚栽培》获得1991-1993年度福建省优秀科普作品一等奖和福建省"十佳科普图书"奖；儿童文学《小香鱼鲁鲁红树林安家记》获得福建省优秀科普作品一等奖；散文《美丽乡村是我家》获中国散文网2024"春光杯"当代生态文学大赛一等奖。他的科学小品、文学作品则常见于《人民日报》《福建日报》《知识就是力量》《科学时报》《新民晚报》《中国作家网》《中国散文网》等媒体。康老的作品还得过全国优秀科普作品二等奖，省部级优秀作品一等奖一项、二等奖一项、三等奖三项。

康老本名康火南，是一名耄耋之年德高望重的老干部，但他笔下的文字却丝毫不见"老干体"诗文的踪影，书稿分为四辑：《农家花草香》《小狗的告白》《爱拼才会赢》《爱在一米线》。康老这本作品集虽立意云端，但根须深扎大地，充满人间烟火气，让人倍感亲切。比如《曼陀罗花之美》《小草紫苏》《知恩的山羊》《美丽乡村是我家》《父爱就像毛毛雨》……未读其文，就可领略其地气袭袭！在《青春羊蹄甲》一文中，康老写退休后到公园里散步所见到的情景："行道树羊蹄甲花开绚烂，繁花宛如彩霞。树下常有年轻的妈妈指着树上的羊蹄甲花教着婴儿说'花，花！花花……'一遍又一遍，眼里充满了深深的母爱。车内的婴儿呀呀回应，手舞脚蹬，粉嫩脸上镶嵌的大眼睛扑闪着。在他的视界里，一切都如此清新，纯洁无瑕。"写到这里，作者感叹道："一个生命的诞生其实就是一朵生命之花的盛开，即使是一个小小的婴儿，也懂得用清澈的眼睛探索着花开的美丽。"

康老这本随笔集的第二个特色是"科普味"浓烈。比如他写紫苏是这样落笔的："紫苏的药用价值很高，北魏贾思勰的《齐民要术》中有'苏子雀甚嗜之，必须近人家种矣'。入药部分以茎叶及子实为主,叶为发汗、镇咳、还健胃、利尿;子有镇静、镇痛、镇咳、祛痰、平喘、发散精神之沉闷的作用。紫苏的梗也有平气安胎之功;紫苏的叶还可食用,用其和肉类一起煮可增加肉类的香气。紫苏的种子榨出的油,名叫苏子油,既可食用,又能防腐,工业上不可或缺。"康老深谙此道,接着写了一个亲历的故事:"有一年秋天气温突降,北风夹着大雨,把光着头从乡下赶回家的我,淋得衣服裤子全湿漉漉的,因此被冻得瑟瑟发抖。妈妈见状,忙烧了一锅紫苏汤水给我泡脚,很快我的身体暖和起来了。后来我才懂得这是紫苏起的作用。"由此可见紫苏可以用于驱散风寒等。

作品《蝉猴》也有"科普味",他能精准区分不同种类的蝉。例如螗蛄蝉("全身装扮黑褐色,鸣声尖而长,连续不断");金蝉("鸣声粗犷高亢洪亮,像男高音");呜呜蝉("叫声'呜呜呜……哇',凄凄惨惨");伏了蝉("'伏了、伏了'地连声不停,伏天刚到,它便迫不及待地告诉人们'伏了'");"还有美丽的寒蝉,头胸淡绿色,因它在深秋时节叫得欢,故称秋蝉,它们入秋才开始歌唱,算是这场'蝉声系列音乐会'的压轴曲了。"

这本随笔集的第三个特色是"童真味"满满。例如他写在树头旁的湿地挖到蝉猴,"把它装进小布袋时,蝉猴滚来滚去的不情愿,好像有一肚子委屈似的",童真童趣跃然纸上。他还用儿童的心理揣摩此刻蝉猴的心思,并用蝉猴的语气说:"你算老几,我可是在地宫磨炼四五年之久的猴精呢,孙悟空认识吗?它的七十二变也不咋的,我能在地宫生活好几年,它有这本事吗?"如此文字,读来让人忍俊不禁!通过一篇篇充满童真童趣味儿的美文，读者一定会联想起一句山乡俚语"老人像小孩"。而我，则视这些为康老童心未泯，甚至于返老还童的最佳佐证！难怪他一出手就是13部儿童文学，而且还获奖连连。

最让我感受尤深的是《美丽乡村是我家》中，细节运用独具匠心，堪称出彩，令人过目不忘。由于康老一直在农村、农业战线摸爬滚打，农业生产知识满腹经纶，所以写起农业与农村，不但行云流水，而且栩栩如生，笔触所及的细度、深度与高度，绝非一些走马观花、蜻蜓点水般的采风。例如他写英雄花："五片拥有强劲曲线的花瓣，包围着一束绵密的黄色花蕊，收束于紧实的花托，一朵朵都有拳头那么大，迎着阳春自树顶端向下蔓延。花的颜色红得犹如壮士的风骨，色彩就像英雄的鲜血……"写英雄花的凋零："它与一般花的凋零不同，从花瓣开始，一片一片散落。整个别离树梢的过程依依不舍，一步三回头；落到地上的一刹那，还要不情愿地颤一颤、抖一抖，使其在告别枝头的瞬间，显得分外豪气，从二三十米高的树枝上坠向地面时，还不忘在空中保持原状，一路直扑而下，落地时不忘'啪'的一声重响，带给人惊心动魄的感慨。即便树下落英纷呈，花依然不褪色、不萎靡，看不出一点衰败，十足英雄般地辞别尘世。"

品尝过《美丽乡村是我家》书中诸味，我觉得可将其归纳为"康味"。这里的"康味"是田野上的泥土香、稻花香、百果香；是小草有情，乔木有义，动物有灵，大海有味，人间有爱……

（马乔，本名赖俊杰，中国作家协会会员，曾被评为"中国十大地理标志先锋人物"，现为全国知名地理标志专家）

目　录

第一辑　农家花草香

第二辑 小狗的告白

第四辑 爱在一米线

第一辑——

农家花草香

美丽乡村是我家

　　好些年没有回乡下了，步入耄耋之年，乡愁就像发酵的米酒越酿越浓，成了回老家的念想。2024年春节，趁家人团聚之机，我和老伴回乡下看望大哥的遗孀。

　　我的老家是闽南地处山区的华安县，全乡仅仅3个村，屈指可数。我老家的村名不见经传，四周重峦叠嶂，交通不便，由于闭塞，长期摘不掉"闭塞""贫穷"两顶帽子。

　　那天租了一辆小车，从漳州市区出发，高速公路像一条巨龙穿山越涧，钻过八个隧洞，从黄枣出口拐入县道，跨过鹰厦铁路又绕了几个弯，爬了几道坡，一个多小时，才见到路边一块"前岭村"的大牌。下了水泥路面的长坡，老伴胆战心惊地问："老头，你可记得40年前我们带着两个小女到仙溪赶火车那一幕？"

　　毕生难忘啊。那天暴雨瓢泼，拦辆突突手扶拖拉机坐了上去，行走在坡陡路弯的机耕道上，一身泥泞，年幼的小女像在拖拉机上跳芭蕾，吓破了胆大呼大叫。轮子打滑，司机急刹车，老婆喊停："走路吧！"我们徒步到县道，一身水两脚泥，四只落汤鸡。大女儿哀求道："爸爸，以后别回老家了，我怕！"而今，山沟里高速公路四通八达是跨过了农村经济快速发展的一道坎。

老家旧厝三间土墙瓦房，是20世纪50年代初，父亲与兄弟分家后自建的平房，十多年后再加高成了两层小楼。我三兄弟和父母都在这座厝里生活。如今"寒舍"经改造铺了地板砖，新建厨房、卫生间和浴室，旧土墙装修改造，粉刷一新，鸟枪换炮啊！集体化时期门口是一片水田，一场大雨便"水漫金山"，虾兵蟹将可见。如今绿荫中一幢幢新建别墅，平坦整洁的村道直通各家各户。我家老宅的路两旁种了一排甘蓝菜替代竹篱笆，南瓜、冬瓜、丝瓜棚上只剩枯藤，摘下果实收藏于冬储室；而芥菜、白菜、花菜叶面上的水珠，在阳光下闪烁；欲紫未紫的长茄笑盈盈挂在枝叶间；蒜、姜、葱、椒等应有尽有，生机勃勃，随用随采……屋角禽舍有大群狮头鹅、番鸭"嘎嘎"叫着，一只彩翅大公鸡跳上竹篱昂首高歌，唱出红太阳。

中午大嫂设宴接风，有机蔬菜屋角采，土生鸡鸭自家养，炖汤、盐烤都鲜美，还有冬笋炒肉丝，苦菜熬大肠，外加马齿苋冷盘。满满一桌乡土佳肴让我乡愁绵长。闽南有"过年吃蚶大趁钱"的习俗，春节泥蚶必不可少。桌上有把小剪子，我虽常进城里饭店，却从没见过此物。侄媳讲解道："开蚶器呀。"她举起剪子做示范，将两片刀插进泥蚶背部，手柄一捏，泥蚶乖乖张开口子。一盘八宝芋泥端上来，小侄孙女还用起西餐小叉子。农民过起现代生活也不赖啊，脱了贫、荷包鼓，生活改善，旧方式也变了。从农家餐桌上使用"新武器"可见城乡差别正在逐步缩小呢！

屋后紧靠大山，山泉源源不断。过去，村民饮水从山上铺根竹筒，直接引水进厨房、入水缸。祖祖辈辈从来没有人过问饮水卫生不卫生。唯有新时代，党和政府关心咱老百姓的喝水大事，国家还给补助。从蓄水池埋设PPR塑料管道，将干干净净的自来水引入各家各户。大嫂一人留守老家，孩子们节假日都回来，足有二三十人，新建了两浴室和卫生间，让我没想到的是屋顶上还安了一台清华太阳能热水器，政府补贴一半。难怪老百姓说："幸福生活真是好，喝的是天赐的自来水，洗澡花太阳的钱，既环保又节能。"卫生间不比城里差，屋后那三代人用过的茅厕已不见踪影。

太阳西斜，吃过晚饭，我拉上老伴来到大埕边一棵芒果树下，有一条从山上经过厝边的水沟，清澈透明，上下坎的落差形成小瀑布，水潭雪白的水花翻滚。引得"泥深不知处"的鳢鱼从淤泥钻出来，在水流入口处或沉静或欢蹦地戏水。"姑代姑代——"一条月鳢鱼带着三尾小团在水里恬然出没嬉戏，足有半斤重呢。我高兴地大叫起来，老伴还被我吓了一跳。月鳢鱼，闽南话叫"姑代"，又称七星鱼、山花鱼，头大而宽扁，吻短而圆钝。昼伏夜出，以鱼虾、水生昆虫等为食。儿时，我放学回家夏天光着屁股下河摸鱼，下田捉姑代；后来因吃野生动物劣习盛行，水田、河沟里的鳢鱼和其他鱼、蛙类几乎绝迹。大侄子走过来说："现在政府讲生态和谐，投资改善环境，咱老百姓也懂得保护野生动物。"有生之年能听到这样的消息确实令我欣慰。

傍晚，嫂子陪我到晚辈家走走。侄女的厝前几株一两米高的红美人柑树挂果累累，在路灯的映照下，一盏盏太阳能黄色粘板上粘着不少的害虫，一只被粘住翅膀的蚊子拼命地挣扎着。柑果像玩具小灯笼，玲珑可爱，每株至少可采七八十斤。在我的印象中，山沟里的老实农民只会摆弄水稻、地瓜之类，改革开放后，政府引导农民放开手脚调整种植业结构、开山种果，推广科技引良种，真应了"换种子卡赢（胜过）做生意"的闽南俗语；再加网上销售产品，牵牛鼻、抓根本，打赢了一场农业经济翻身仗。我的侄女婿长期身体抱恙，还享受政府救济补助，如今也与村里的贫困户同时脱贫致富。这时侄女的手机响了，原来是北京水果批发市场来要货的。村里的农特产品不怕滞销，侄女很有把握地说："只要讲特色，求品质，守诚信，不愁卖不掉。"这里的农产品多数在网上销售，人在家等收钱。

一大早，我到下楼村给初中同学老郭拜年，刚到他家门口，老郭趿着拖鞋、手提分类的垃圾袋，走到路边垃圾收集箱。打过招呼，我问："农村实行垃圾分类，老百姓能做到吗？"他丝毫没有改变孩时的乐观豁达性格，哈哈大笑说："政府为咱花钱出力改善环境，提升农民生活品质，都是为咱百姓好，哪有不做的理呢！"

家乡美，远看就像一幅水彩画，人似画中人。我很有感触地对老伴说："太平盛世，人心思变，千变万变，改变农民的思想才是根本。唾弃了集体生产旧壳子，小鬼当家，与时俱进，人人都是过海的八仙。"

美丽乡村是我家！我的家乡是中国美丽乡村的缩影。

曼陀罗花之美

　　站在我二女儿家的二楼阳台和窗口，便可见华新路上一家民宿门口有株 2 米多高灌木枝繁叶茂，一年开花七八次，满树鲜艳的黄色喇叭花，引来蜂儿采蜜，蝴蝶舞蹁跹，阳光下甚是靓丽。花丛下，摆着一张折叠椅和一张小方桌，置小纸牌说明：免费为客人照相专用。老别墅群落本来就是电影、电视剧的实景拍摄地，鲜花美景良辰，一批批拍婚纱照的新人也赶来凑热闹，游客、行人路过也纷纷以花为背景，排队拍照留影。

　　出生于农村的我，又从事农业工作多年，草木的品种也懂得不少，而眼前这株灌木开出来的喇叭花，我却叫不上名。我打开百度搜索，答案是"曼陀罗花"，再细查《辞海》：曼陀罗，茄科，整株有毒，种子毒性最大，而起麻醉作用的主要成分是东莨菪碱。曼陀罗是来自印度的神秘花，因其美丽而神秘的形态，成了许多人心中的神圣象征。其名来源于梵文，意为"圆满"。

　　鲜花是美丽的，各种芬芳也总是令人神怡。世上的事千奇百怪——有毒的花却很美丽。儿时老家山上一种野生的胡蔓藤，夏季朵朵艳丽黄花挂满树，人见人爱，香气弥漫半座山，俗称断肠草，又名山砒霜，全身皆毒。

世界上最妖娆又最毒的花，要数大名鼎鼎的罂粟花了，花色妖艳而美丽。那年我在偏僻的林区工作，亲眼见过人工栽培的罂粟花。有一天接到群众举报，在原始森林大山中有人偷种罂粟，林业公安、民政、林业抽调有关人员专程赶到种植地现场勘察。面前一片罂粟健株的顶端鲜花怒放，不仅花朵特大，而且鲜艳之极，金黄金黄的颜色中透着淡淡的红。晨露沾在娇嫩的花瓣上，晶莹剔透。无论谁见了，都会不由自主瞪大眼睛，发出啧啧赞叹声。随行的林业专家有意问："有谁知道罂粟花的花语吗？"周警官随口回答："死亡之恋。"有人说，罂粟花美丽的外表下隐藏着罪恶，这说法一点不假。因为从它的果实中，可以提取毒品的原料，制造出鸦片麻醉人的身体和精神。吸毒者形销骨立，六亲不认。小小鸦片曾经毁掉中国最后一个封建王朝。直到如今，滇缅一带仍为禁毒工作绞尽脑汁呢。

曼陀罗，毒性虽未及罂粟，但用它的果实可提取"蒙汗药"，不可小觑。《水浒传》里常有绿林好汉惊呼"倒也，倒也"的描述。李时珍《本草纲目》中详细记录了割疮炙火，宜先服用曼陀罗花研制的药末，则不觉其苦，强调了它的麻醉作用。华佗所制的"麻沸散"中就含曼陀罗花呢。

几对新娘和新郎身着华丽的衣服，咔嚓咔嚓以曼陀罗花为背景留下靓影……

此时，我想给曼陀罗挂一块科普卡，提醒"花痴"小心碰毒。不过，转念一想，曼陀罗花只要能生长在地球一隅，依时成长，应季开放，绽放如孩童般天真的笑容，就可以了。它只是静静地繁衍，罪恶不属于它，它只是一株植物，并不懂得人类所定义的美和丑。

"沉舟侧畔千帆过"。事物都有两面性,水可载舟,亦可覆舟;比如最为常见的美味的芋头,它的全株有毒,花、叶、茎也不可随意接触,它黑不溜秋的皮会引起部分人皮肤发痒,因此人们把皮去掉,将芋头煮熟煮透之后才能成为美食。又如蝴蝶,既会危害植物幼芽,又能传授花粉。就像曼陀萝花,既有毒性特质,也有鲜为人知的另一面。曼陀萝花除了有麻醉作用,还有止咳平喘功效,可以治疗寒性咳喘、少痰等病症。但不论作为麻醉还是用来治咳喘,都要谨遵医嘱就是了。上天有好生之德,愿人类能和花草和谐共处,兴利除弊,共创美好。

花 草 香

老家四面高山环抱，一年四季满山遍野的鲜花竞相开放，加上母亲一生爱花种花，我一出生便沐浴在撒满桂花的温水里，习俗说，桂花汤洗礼一生顺风顺水，肤色漂亮，贵气矫健。

老家土瓦墙的房子建在山脚下，屋的周围不是水田就是农地或荒地。房子的左右两边是母亲开垦出来的菜园，菜园不打墙不围篱笆，而是剪来带刺的月季和蔷薇扦插在菜园周围，生长起来成了绿篱。蔷薇的长茎更有助于它们攀爬，藤上的钩刺能防牲畜鸟禽糟蹋作物。月季月季，月月开花。蔷薇花开四五月，白色、红色，一簇簇，一朵朵，竞相斗艳，妖而不媚。绿篱里的园地播种一茬油菜或是冬芥菜，也开了花，黄灿灿的一片，美极了。

屋后一片山坡长着杂草和灌木，人称光吃食不下蛋，母亲将荒地开发出来栽种百合。百合花食两宜，怒放时花香四溢，成熟后挖起来当菜吃，妈妈擅长做一盘以百合为主食材的冷盘，入口脆脆甜甜。百合根块富含淀粉，可磨成粉制作各种百合糕点，食用既营养又有药效。

屋前是一片烂泥田，锈水重，种稻产量低。村民投工投劳沿东西和南北开挖两条排锈排洪沟，将锈水排出田，稻秆健壮，谷粒饱满，年年丰收。土堤上母亲挖来黄花菜的根茎广为栽种，好比在一张白纸上画上美丽的图画。每年七八月萱草开出金灿灿的喇叭形黄花，可观花，也可食用。

秋天的夜晚，一家人坐在门口的大埕乘凉，泡茶赏月，厝角有两棵老桂花树，到了丹桂飘香的季节，一阵微风吹拂，桂花的香味徐徐而来，香得醉人。

农家小院放置了两口破了底的大水缸，装满沃土，从山上移来山杜鹃，充满野性的杜鹃每年春夏憋不住鲜花怒放，花朵格外大，都呈鲜红色，朝着蓝天竞相开放，像燃烧的云霞，光彩夺目，诱来蜜蜂忙采蜜，蝴蝶舞翩跹。

母亲种花的同时，也在我幼小的心灵播撒上靠勤劳的双手和智慧改造大自然、创造美丽环境的种子。工作中无论遇到什么困难，只要回想起童年的时光，心中就会涌现出一片美丽的花海，心情便会阳光灿烂起来。在我居住的小空间里，不论高楼或平房，一定有我及老伴共同营造的花草世界，爱花种花代代传承了母亲的基因，也成了我家的共同爱好。

我的大女儿在奶奶的影响下，也特别喜欢绿叶植物，她养的植物里面没有一株开花的，全都是绿叶。高二时，她野营从山上带回一株肾蕨，一直养到去外地上大学了才交由我代管。她的性格就像养的这些植物一样，淡泊恬静，毫无花开争艳之心。人与花草合一，应该算是一种人生境界了。

江湖的花草，没有那么多恩恩怨怨，但各自都有喜怒哀乐的情感，顺其自然就好。

皂荚情深

老家四面环山，山间层林尽染，四时山花纷繁，林中有飞禽走兽，河里有鱼虾游荡。我的童年似生活在如梦如幻画卷中。虽然离家半个多世纪，乡愁不忘，故乡一草一木令我留恋。我首先想到有棱有角的皂荚——

皂荚为豆科皂荚属，落叶乔木。印象中，它从不嫌土地贫瘠，耐旱耐涝，还挺得住三九严寒，在丛林中活得潇洒自如，刺圆柱形的枝干笔直，上覆羽状复叶；开起花来香气四溢。最令人称奇的是，结下的荚果极特殊，是乡间肥皂的替代品，乡下人用来洗衣服、去污垢。20世纪五六十年代，农村称肥皂为"洋胰子"，用不起。那时，肥皂也得凭票定量供应，属于紧缺商品，即使有钱也不容易买到。农家妇女待皂果成熟时上山采摘皂荚，晒干收藏，平时用来洗衣。我曾经替我妈妈跟村妇们上山采皂荚。我会爬树，比普通村妇更有优势，高处的皂荚摘不到，我就拿出猴子上树的本领，三下五除二爬上树，用竹竿敲打皂荚，女人和孩子们在树下捡拾，见者有份。

回家后，妈妈把一个皂荚掰成两半，晒干后收起来，采一天，可以用上一两年。全家的衣被洗涤全靠皂荚这宝贝。每天妈妈提一桶脏衣服，来到屋后的天然泉水池洗涤，上面放一个用竹篾自制的长条形"皂盒"，装两三片皂荚，每次没有用完的就会放在池边石头上，后来的邻里们有需要继续使用。

用皂荚洗衣不伤布料、不伤手、不花钱，是一种特环保的清洗剂。儿时，我到外地求学，从来没买过肥皂，每学期开学带去几串晒干的皂荚。每次洗衣前，将皂荚放入温水中泡软衣服浸湿后直接拿着皂荚在衣服上擦擦，遇领口、袖口、裤脚等较脏的地方就多擦几遍嘛，经清水浸泡几分钟后，再用手搓一搓，揉一揉，多洗几遍衣服污秽尽去。有一次，一位来自医生家庭的女生主动帮我洗一件白衬衣，见领口很脏，便到处找肥皂，我递上皂荚，她大为疑惑："这怎能洗净？"她在黑领口擦上皂荚，搓搓揉揉，衣领竟洁白如初。她惊讶地说："这也太环保了，看来乡下的孩子脑子好用。"我的初恋大致如此，一"物"钟情，不无诗意。

还有，令我难忘的是十几岁那年。有一次，妈妈用簸箕筛花生细末，不小心，花生末窜进我的鼻孔，怎么抠也抠不出来，我啥办法也没有就光会哭，妈妈不急不火，停下手中的活，找来一个储藏在家里备用的皂荚，用刀使劲地往皂荚表面刮了些粉末，盛在小盘子里放在我鼻孔前，让我猛吸一口气，皂荚粉末刺激着我的敏感神经，连打了两个喷嚏，花生细末乖乖地跑了出来。原来皂荚不仅可以用来洗衣服，还是一味上好的中药材，可作药用呢。

一位初中老同学家住邻村洋竹架高山上，特约我到圆土楼泡茶。小车离开县道，七拐八拐，绕过几道弯，爬上长长的岭，进入村口便见一座雨伞形的生土圆楼，土楼后山那几棵上百岁的皂荚树高耸入云，挺拔雄健，像一柄柄华盖吸引了众人的眼球。树上三两只松鼠蹦跳玩乐，带状的荚果扁长如刀，两面鼓起，尽显红褐成熟色，十分抢眼。楼外水池边一位农家少妇正在洗衣，丰胸细腰，蹲跪着，背影很美，双手起落，用的竟然还是皂荚。我上前好奇地问："弟妹，你咋不用肥皂洗呢？"她笑一笑，坦然地说："不伤衣，不花钱，山上有的是，习惯就好。"好客的她，还特地从家里拿出一沓皂荚赠送，说："回家试试，好使得很呢。"她哪知客人也曾是皂荚的粉丝呢。也好，借花献佛，带回城给孙子们开一堂科普课。

老同学拉出竹茶几和躺椅，我们就在土楼前大埕泡茶品茗。高山之巅，云在天上飘，鸟在林中叫，金山银山，眼前有多少皂荚这样的奇树异花？我美丽而富饶的故乡——人与自然和谐共建的一首诗，风调雨顺一幅彩墨画。

玉兰花开满院香

我庆幸曾在玉兰树下度过了 20 多个春秋。

人间三月天，还是春寒料峭的时节，玉兰树就绽开朵朵素雅的花骨朵，似乎在向人们播报早春的信息。"闹春花树"的美称由此而来。

就在玉兰报春的大喜日子，我从山区的华安县调入漳州市直机关，想不到工作单位就在种有好多玉兰树的大院里。有白玉兰和黄玉兰两个品种，白玉兰居多，花瓣雪白雪白，香气十足，比黄玉兰更胜一筹。

刚调进新单位，人生地不熟，工作接不上手，人一紧张，日子过得并不舒心。好在同事们和睦相处，团结协作，互相支持。同事周耀彬是有名的老写手，经验丰富，和蔼可亲，工作上手把手地教我，从公文的写作、行政事务、待人接物等，不拘粗细，像老师给学生授课似的，使我在较短的时间内上手。我还有一项特别任务——跟领导下乡，他也不厌其烦地认真传授经验。老王是办公室干事，比我年长许多，将我当成他的小弟一样，无微不至地关心，包括衣食住行，有时加班机关食堂吃不上饭，他家住附近，就带我到他家搭伙。我临时租住旅馆很不方便，他急我所急，主动找事务管理局和分管领导，帮助解决了一小套两人共用的公房，还教我如何用玉兰花泡茶。

我知道，玉兰树是色、香俱全的观花树种，除了供人欣赏外，花瓣还可以用来煮茶。芝山脚下的机关大院和水泥大道的行道树，便是高大挺拔的玉兰树。每次招待来客，老王便从自己的办公桌抽屉里取出一个锡壶茶叶罐，打开罐盖一股玉兰花香弥漫房间……

日子一久，我也学会用玉兰花泡茶，并喝上了瘾，在大院内工作期间，每当花瓣纷纷扬扬落了一地，院子里空气中便有湿润和清香扑面而来，闻着玉兰的芬芳，哪怕忙忙碌碌，哪怕有点挫折，一颗心豁然开朗了。再后来，每到周末休息时，我便带两个女儿提着个小竹篮，到玉兰树下捡拾玉兰花瓣。我常常装了满满一竹篮，回家倒入簸箕内，散开后晾在旧房子后空地上，吸收太阳的光和热，待干后再用来煮茶。轻啜一口茶，精气神一下子提上来。以至于多年以后，当我喝着加工过的花茶时，心里总会无限怀念那股天然的玉兰花香，真不比极品茉莉花差——人生路上，正是有幸遇到无数良师益友和长辈，教我做人，传授知识，助我成长，我永生铭记。

岁月倥偬，似水流年。我退休后居住在离大院不远的小区，夜幕降临时常与老伴携手散步到此。玉兰树下偌大的庭院，大妈大爷三五一堆，唠嗑家常，互诉情怀，交流国内外大事。有人捡起落花，在那里穿起一串串玉兰花串；有的就直接别在头发里，阵阵淡雅的清香在四周萦绕。

站在玉兰树下，看着玉兰花开，你会感觉到玉兰的与众不同，蓬蓬勃勃，一股难以言喻的高雅气质。玉兰花开，是报春的吉祥象征，也代表着人间奋发向上的精神。这，不正是我们该具有的品格吗？

花艳情浓紫茉莉

前年的一个冬日，我和小外孙一家到南安香草世界亲子游玩。山上树木葱茏，路边花草艳丽，将大地装扮得五彩缤纷。鬼针草、节节草等野草虽然观赏价值并不高，但植株的繁殖力和生长力顽强，在野外恶劣的环境下都能正常生长。春天将其拒之门外时，它们依然枝健叶绿甚至比名花异卉更有优势，假如植被缺了它们，满目疮痍的地球就会赤地千里，绿水青山的大课题它们不可或缺啊！

在路边的花圃里，花农正在更换花种，一堆被铲下的紫茉莉冷落一旁，我产生了怜悯之心，从废弃的花草中，挑出几株健壮的紫茉莉茎秆，带回家更换阳台花盆中的老面孔。我找来一个小陶瓷花盆，填满细土和培养基，将壮秆剪短扦插入土，随种随活，如今长满盆了。草木如人与人需要缘分一样，人与花也讲缘分呢。老伴非要查看我的手指纹不可，是不是10个"粪箕"（装粪的竹筐）齐全。我自豪地回她："10个倒没有，而一辈子不离'三农'倒是事实，花草树木情亦浓一点不假啊，没吃过猪肉也看过猪走路嘛！"

紫茉莉因紫红色的花朵而得名，但它的花色丰富多彩，常见的有红色、黄色、白色等，夏季开花时，许多不同颜色的紫茉莉花朵跳跃在人们的眼前，非常可爱美观。紫茉莉有黑色、个头不小的种子，一般呈卵圆形，表面斑纹褶皱，外形像个小地雷，所以别称"地雷花"。

去年夏末的一天傍晚，我突然发现盆中长出了一朵紫红色的地雷花！我欣喜，心里一亮，好像瞬间腾起一团火，驱散了阴云。此后，紫茉莉植株每天开花，老伴也越来越喜爱它了，每到傍晚，我俩都要到阳台看它开花，拉拉家常。随着夜幕降临，紫茉莉还散发出阵阵香味，不浓不淡，熏染了夜色，也熏染了我俩的心情。

紫茉莉还有一个特点，就是边开花，边继续生长。到了秋天，那个小花盆已显得拥挤不堪。我想给紫茉莉换个大的花盆，老伴却担心移植后能否存活。我说："只要小心点，工夫到位，紫茉莉贱得很。"换盆几天后，很多枝叶枯了，老伴指责说："不行了吧。"过了两天，一些枝节又长出了新叶。于是，我赶紧修剪了一番。很快，新的枝叶又都长出来了，并且重新开始开花，从几朵到十朵，从一枝到满丛花开。

我曾经将"地雷"种子和其他一些花籽撒播在小区一块空地上。没想到，长得最好的还是紫茉莉，枝繁叶茂，长势良好，就是迟迟不见开花。小区的居民看见了都觉得遗憾，大概如同天气有阴晴风雨一样，人的心情也有阴晴风雨，那些日子，因为一些事情，我的心情也莫名阴郁。

到了六七月，小区空地上的紫茉莉植株上吐出了花蕾，依然每天开花，说它是开花模范还真是实至名归呢。紫茉莉是很值得种植的植物，它的用途是非常广泛的。凡看过紫茉莉开花的人无不赞美它：花玲珑娇小，花朵挨得很紧凑，花瓣五颜六色，具有非常好的画面感，带给人们视觉上的极大享受。难怪紫茉的花语是清纯、贞洁、质朴、玲珑。真够迷人啊！

蜜柚花香

世有百花香，人有千层恋，但这却是让我一生抹不去的蜜柚花香啊，就像一首诗的诗眼！

20世纪80年代末，阳春三月的一个周日，初升的太阳暖烘烘，我刚到平和县政府工作不满一个月。我徒步走进小溪镇的西林村附近，空气中弥漫着柚子花香，味道浓淡相宜，先闻其香，不见其花，让我置身于花香的世界，心旷神怡。

西林村地处城中村，靠山面街，农舍虽没有很好的规划，但不乏古色古香，房前屋后和道路两旁粗壮的琯溪蜜柚树既显得历尽沧桑，又显得生机盎然。2月中下旬到4月初便是琯溪蜜柚花期。主人老张在柚树下摆了一张石桌子，主客几人围坐在那里闻着花香泡茶聊天，家长里短，生活在这样的环境里，日子过得滋润，有情有调。我跟乡亲们一一打过招呼后，情不自禁地探寻花香来自哪里，一抬头便好像发现了新大陆——蜜柚花。或隐或现于树叶之间的柚子花，如满天星辰般地绽放，用自己独特的芬芳填满了院子的空间。移步树下，拉近枝条细细端详，柚子花成簇地生长在枝条顶端，苞蕾呈子弹形，绽放后的花瓣迸开至反卷，使得鲜黄的花粉与雌蕊更显凸出，甚是独特。明代诗人陶益赞美柚子花的诗句："柿叶书馀日未斜，东风犹自恋窗纱。闲来隐几添慵困，满眼清香柚子花。"是啊，柚子花不仅像橘花，与木本植物玉兰花，无论是大小还是色泽，都有几分相似，洁白如玉，芬芳袭人。仔细观察又能发现，蜜柚花又别具一格。小雪球一般的柚子花骨朵一旦解开了它那素雅的胸襟，便把姿色与芳香一并呈现给世界，卷曲着向外张开的花瓣嫩嫩地白，如金色皇冠一般的花蕊柔柔地黄，无拘无束，流光溢彩。

主人说："蜜柚香气浓郁，堪称柚子中极品，其清香正是来源于它的花香。"清咸丰七年，学者施鸿葆在所著《闽杂记》一书中称琯溪蜜柚为福建三大名果之一："闽果著称荔枝外，唯福橘、蜜萝柑。窃以为福橘次之，当推平和抛（当时琯溪蜜柚称为抛）……荔枝为美人，福橘为名士，若平和抛，则侠客也，香味绝胜……"可见，琯溪蜜柚的芳香早在清朝就享有盛誉。乾隆年间，它被列为朝廷贡品，俗称"皇帝柚"是也。

我能工作、生活在琯溪蜜柚主产区，与蜜柚花香相伴是缘分。自西林村特殊的芳香气味摄入体内，溶入血液，每个细胞都充满了蜜柚的味道，挥之不去。那年全县三级扩干会议，大会发出脱贫攻关总动员，记得我说过："物华天宝，物竞天择，蜜柚花的清香给人一种恬淡的意境和美感，让人感受到大自然的独特魅力。但愿老祖宗给我们的这一至宝，在大家手中放扬光大，一举摘掉平和的贫困帽，让'柚花香满园，柚果闯天下'。"

大家一起努力，这年秋天，小溪镇联光村的改革开放先走一步，几百户领头雁撸起袖子，唤醒沉睡的万亩荒山，坚持"山上造林戴帽，山腰种柚穿衣，山下栽竹穿鞋"的立体开发。紧接着蜜柚园的管理、病虫害的防治都需要果农们步步跟上，迫切要求普及蜜柚栽培技术知识。科技是第一生产力，一旦广大农民发动起来就需要政府加强对果农的技术指导。要想当好老师，自己先要当好学生，懂得蜜柚栽培技术。我争取时间穿梭于果园，请教老农，拜访专家和技术人员，在农业局农艺师的支持下，夜以继日花了半年多时间，编写了《琯溪蜜柚栽培技术》一书，严丝密缝，努力做到深入浅出，果农拿在手上看得懂、用得上。该书获得福建省十大省级科普奖。

冬季，下乡到山格镇新陂村，看到乌石山几百亩山头的半拉子工程，一概红壤劣质地，我建议建设琯溪蜜柚科技示范园，当时村干部极力反对，摇头说："这片不毛之地狗拉屎不臭，种花生光长藤不结荚，想种蜜柚白日做梦，万一不成功，难免惹来一身骚呢。""拿好地作示范意义不大，劣质地种成功了更有说服力。"我和有关部门还是决定坚持，采用"大穴、大苗、大肥"，实现第二年挂果，第三年见效，百多亩的村果场成了一笔村财收入。

曾记得，1990年农历七月半是闽南农村普度节，广东潮汕一带农村做节习俗要用柚果作供品。当时柚子产区涌动一股采琯溪蜜柚卖得好价钱的暗流，这比柚子成熟期提前一两个月，如果让这股歪风盛行，平和果农就要自折手骨，杀鸡取蛋，后果不堪设想。政府得到此信息组织农业、工商、市场管理等部门，立即赶到福建省与广东省交界的检查站，拦下两车还没成熟的琯溪蜜柚，县质检站工程师卢大姐顺手抓起一颗果皮青绿的柚子，贴近鼻子闻了闻，说："一股青涩苦味的柚子味道，哪有啥琯溪蜜柚的芬芳清香啊！果农抹了良心赚了钱，琯溪蜜柚的声誉不就毁了吗？饭碗砸在自个的手上值吗？"几位果农羞愧地低下头，嗫嚅地说："我们也知道还不成熟，但有人买，价也高啊。"我深深地意识到摆在政府面前有两件急切要做的事：一是尽快申请《琯溪蜜柚的质量标准》及早由权威部门颁布实施；二是上北京进东北，开拓琯溪蜜柚销售市场，建立稳定的销售网络和渠道。

离开平和 30 多年了，悠悠蜜柚花香无时无刻萦绕心头。平和荒山绿了，村庄美了，人的精神也大变样，从"要我干"到"我要干"，激发了群众无限的力量，一声春雷破茧成蝶，琯溪蜜柚终成脱贫果，农民走上致富路。春暖花开时节，到处嗡嗡嘤嘤，蜂飞蝶舞，蜜柚花开一朵朵，一簇簇，一片片，满山遍野，静静地散发着沁人的芬芳。金秋十月，就像变魔术，香气四溢的蜜柚花变成了一粒粒金黄色的蜜柚，成为平和百姓的致富果。当你走进霞寨镇高寨村柚海，小溪镇联光村观音山联片柚园，慕名而来的游客在果园里流连忘返，在柚树下逗留，不愿远离蜜柚花香的拥抱，真像一幅鲜明和谐的山水画。

不忘初衷。在建设科技示范园区时，我与老农老吴结下深厚友谊，每年蜜柚成熟时，他都要挑上几颗最佳蜜柚让我品尝。好中选优，我选中皮色最艳、香味最浓的放置书房内，满室芬芳。放在卧室还有助于睡眠，连做梦都会念念不忘柚子花香的日子，舒舒坦坦，一觉睡到大天光。

就像一首诗的诗眼。人们常说"梅花香自苦寒来"，其实，蜜柚又何尝不是。甚至蜜柚花的香来得更加艰难，更加不易，它是平和几十万人的血汗和梦想浇灌，历经人间烟火和风霜雨雪，虽不与梅花争奇、和桃李斗艳，却佳果走遍天下，实实在在，誉满全球，就像一首脱贫致富的叙事诗，有板有眼，铿锵悦耳，诗意盎然。

我爱英雄花

　　我们小区旁边有两棵健壮高大的木棉树，有六七层楼高。每到三四月便开花，一树红花，十分壮观。每年的开花季，晚饭后我常徘徊在树下，看花开花落也蛮有意思的，从中领悟到点滴哲理。

　　木棉，也叫攀枝花，英雄花，落叶乔木。知道木棉和攀枝花的人多，知道英雄花的人少，但我喜欢叫它英雄花。那雪白的棉丝轻飘飘的，与实际不相称，而枝有一点，花的确挂在高高的树枝上，但"攀"字难听，有点攀龙附凤的意思，好像那枝有多高贵，其实，别看它高高在上，那枝条是很脆弱的，一打就断。开在这样脆弱枝杈上的花，在我看来，却很有英雄气概。

　　英雄花是南方的特色，它壮硕的躯干，顶天立地的姿态，英雄般的壮观。它的花开得红艳又不媚俗，五片拥有强劲曲线的花瓣，包围一束绵密的黄色花蕊，收束于紧实的花托，一朵朵都有拳头那么大，迎着阳春自树顶端向下蔓延。花葩的颜色红得犹如壮士的风骨，色彩就像英雄的鲜血染红了树梢。英雄花又称木棉花，它与一般花的凋零不同，从花瓣开始，随风随雨，一片一片地散落，依依不舍，凄凄楚楚，一步三回头，落到了地上，还要不情愿的颤一颤、抖一抖。而英雄花的坠落也分外的豪气，从二三十米高的树枝上整体坠落，在空中仍保持原状，一路旋转而下，然后"啪"的一声落到地上，惊心动魄。树下落英缤纷，花不褪色、不萎靡，看不出一点衰败，很英雄地道别尘世。只有当人们无情的脚板将它踩过，或机械的车轮将它碾过，它才会趴在地上。趴在地上的它，把残红的花瓣贴在地面上，却把它的花托高高翘起，表示它的不屈。

五十多年前，我第一次出远门到广州，进入越秀公园，印象最深的是盛开的英雄花和五羊石雕标志。一树的花，以蓝天为背景，红红火火，热热烈烈，潇潇洒洒地把壮丽呈现在人间。你看到英雄花来了，就知道春天来了。它们几乎是一夜之间，你呼我唤，一起从树枝中冒出来的，把天空的一角染红，把人们的眼睛刷亮，仿佛一群穿红衣裳的女孩子，一起跳到高高的树上向人们欢快地大叫："我来了！"

这是我人生第一次看到木棉树，第一次体会到英雄花的存在与离去。那个时候我从少年刚进入青年，走上社会两年，对人的生命"轻如鸿毛，重如泰山"似懂非懂，参加革命的初衷感悟也不深。说实话，我本来对个体生命的感悟就比较迟钝，正是英雄花的坠落，从一个新的角度给了我一点小小的启示。英雄花曾经不止一次地打动我的心。不仅是它的来，它的在，还是它的走。

成语不是说"荷花虽好，也要绿叶扶持"吗？英雄花绝不拖泥带水，火红的，赤裸的，说来就来了，不需要绿叶的扶持和帮衬。不信，你抬头看看这一树的红花，千朵万朵，却没有一片叶子。是的，世间的植物不论红花、白花，黄花或蓝花，花有叶，显得弱不禁风，鲜艳娇媚，让人心疼。而英雄花，根本不用绿叶的扶持，显得更灿烂、更辉煌。一树的红花，就像一支巨大的火炬，屹立在绿树丛中，探向无边的天际，不是万绿丛中一点红，是万绿丛中一团红。"几树半天红似染"，红得那么耀眼，那么抖擞，那么气魄，只要远远地看上一眼，就让你终生难忘。

这就是英雄花，我爱英雄花。

我想，一个人的出生由不得他自己。而后天他的在，他的走，是可以由他做主的。一个人在，应该火红亮丽，热情奔放；一个人走，要走得干净利落，走得豁达尊严。

菝葜难忘

20世纪80年代中期，我在一个山区贫困县工作，那年秋转冬时，我的右脚突然行走困难，上下楼都要手扶梯道栏杆才能移步。县卫生局领导推荐我去找当地一位土郎中治疗。周日，卫生局老黄和司机带我行车一个多钟头，到达山内大队合作医疗站。

合作医疗站占用大队部的楼下两个房间，赤脚医生老周50多岁，继承家传秘方专治风湿和疑难杂症。他黝黑的脸庞，结实的肌肉，说他是医生倒不如说他是地道的老农呢，也许是因为经常上山采草药晒黑了皮肤。合作医疗站还有一位胖乎乎的小姑娘，她既是护士又是小助手。我们到那里已经是下午，病人较少，有一个老人在打点滴，还有一位老太太在拿药。周医生在另一间较大的房间里切草药，这个房间实际上是医疗室的中草药加工场，有切刀、簸箕、磨盘等，还有一个大橱靠墙壁专门放各种草药和配好的草药包。

周医生祖传膏药秘方，无论颈椎病、肩周炎，还是腰椎间盘突出，哪里疼就贴哪里，一贴就不疼了，"一贴灵"就是患者治愈后送给老周的外号。他在县内很有名气，老黄和周医生很熟悉。他让我坐到他的对面，挂上听诊器，问症、把脉、看舌苔，还让我站起来蹲下去，走几步，弯弯腰。周医生说："行啦！闽南人说是风火灌筋，医学上称坐骨神经，拿10贴药膏和10包金刚刺膏贴痛处，草药煎汤喝。"他边说边从木橱里拿出10包已经搭配好的草药和药膏让我带回。

"金刚刺，学名叫菝葜是吗？我老家山林里也有。"我说。

"对，对，我所用的草药都能在山上找到，方便得很。"他笑着说。

我要付钱时老周拒收，老黄介绍说："老周祖上的膏药秘方，悬壶济世几代人，救人无数，乐善好施，对本地百姓不收费，遇到穷人免费治病，既是祖传家规，也是积善厚德，帮助那些经受病痛折磨的患者早日解除痛苦以乐为荣。许多经他治愈的病人过意不去，逢年过节，亲自登门送土特产品，盛情难却，勉强收下。"我深深感叹："医德高尚啊！"

我老家村后有一片亚热带雨林，据说是"风水林"，没有人敢去砍伐破坏。虽然面积不大，林中的植物奇花异卉，斑斓纷呈，空气潮湿，雾气萦绕，木、灌、草、菌层次分明，各占其位，和谐共生。

孩时，我有一次进入雨林深处，一株金刚刺拦在面前，一条软体长毛的青虫爬上厚厚的叶片，向着刚吐出的幼嫩叶子爬去，想分一杯羹。然而蚂蚁已经捷足先登，一群黑头蚁正围着叶片上两个口子渗出的蜜露，品尝甜蜜的汁液。一只蚂蚁警卫拦住青虫，青虫也不是吃素的，与蚂蚁展开一场决斗。但青虫哪是蚂蚁的对手啊，很快就遍体鳞伤，败下阵。蚂蚁霸占蜜腺吃饱喝足，满足了自己的需要，菝葜叶子的健康成长也得到了保护。以叶绿素为生的昆虫族也能理解：此树不留虫另有留虫树，天下只要牢记"勤劳"两字就饿不死啊！

菝葜，别名金刚刺、金刚藤等，攀缘状灌木。老周给我的草药服完，我的病情有很大好转，我再次去请教周医生。那天他正用秘制药膏给病人贴颈椎。他说："大自然给人类丰富的资源，青草、树木都可治病呢。"他还以菝葜为例，从叶到根都可入药，制成几十种药剂，有根泡白酒，有熬制成丸和磨成药散，还有将原材清水浸洗、润透，切成薄片晒干备用。老周又给我一梱晒干的菝葜根和茎，让我每次10—30克和大骨头炖汤喝，解毒消痈，老周的家传秘方治好了我的坐骨神经，让我记住了一辈子。

薜 荔 情

我老家屋后有一股长流不息的泉水，清澈甜冽，不大的水塘后面有一棵老鹅掌柴，被一株薜荔缠绕着，藤壮叶绿，每年秋后硕果累累。孩提时，薜荔成了我家免费提供制作冷饮的原料。

薜荔，闽南话叫"凭抛"，是夏天自制冷饮的好食材；果实倒卵形或类球形，成熟时褐色，采摘时果蒂会渗出白色的黏液，稍不注意就弄脏了你的手；花开五六月，果熟八九月。薜荔的花托还含有肌醇、芦丁、$\beta-$谷甾醇、乙酸酯以及$\beta-$香树精乙酸酯。茎叶皆供药用，有祛风除湿、活血通络作用，用来治腰腿痛、乳痛、疮节等症。

我10岁那年，勤劳的母亲从薜荔的藤蔓上采摘成熟的果实，一粒一粒切成四瓣，将外面一层皮剥下，内果皮和籽没有分开放在簸箕晒干，薜荔的干果等夏天需要时拿来自制冷饮"凭抛膏"。我以为，这是乡下人最高档的消暑饮料了。

有一天妈妈要做"凭抛"冷饮，我主动请她教我制作方法：取一块纱布或一个纱布袋、薜荔籽、凉白开水、蜂蜜等。干荔果取籽泡水弄湿，洗净纱布，薜荔籽放入纱布包扎好封口；凉白开水放入盆中双手反复轻轻揉搓，将黏液挤出来，直到纱布表面不再有带黏性的液体出来就差不多啦；将薜荔籽搓出来的水用大碗盛着放在泉水出口或水缸里（如今有冰箱，直接放入冰箱1—3小时让其凝固）。从冰箱取出后切成小块，倒些蜂蜜或白糖即可食用。现在条件好了，也可根据各自的口味加些其他调料，好吃得很。学会加工薜荔膏后，我每年夏季都要做几次让家人品尝，大快朵颐。

有一年夏天，表叔登门来看我妈。他右肩上长了一个鹅蛋大的痈，穿一件背心，露出红肿的痈。我妈心疼地说："咋不上医院找大夫？"他说："去啦，看了医生，吃了药也不见消呢……"我妈立刻直奔屋后，采回一大把薜荔鲜叶，又从饭桶里掏了一勺冷稀饭，混合薜荔叶和少许红糖，放进石臼里捣碎捣烂，将它敷在红肿处。第二天，表叔背上痈痛减轻了，他三天后完全消肿。他很高兴地说："嘿嘿，想不到大姨还会治病呢。"

20世纪70年代末，我在城里工作，有一年大热天，我停在卖石花的摊前，以为石花就是"凭抛"，我买了一碗，蹲在大街上大口吃起来。刚入嘴，不但吃不出乡愁的味道，而且还有很重的腥味让我反胃。我放下碗请教老板这石花是用啥原料做的。

"海底红藻类天然植物石花草，用高压锅煮一煮，经冰箱冷冻就成啦。"

1984年夏天，80多岁的老母亲病入膏肓，她躺在床上，把我叫到床前，拉着我的手，干瘪的嘴唇嗫嚅地说："老二，我想吃凭抛膏！"母亲为儿女和家庭劳累一生，总是操心孩子的吃饭穿衣，最苦的菜她吃，最脏的活她干，她心中的世界只有孩子，没有自己。一辈子只听身边孩子喊叫吃的，从未听她向孩子讨吃。这是第一次，也许是最后一次了。我饱含辛酸的泪水，从大缸里取出能做凭抛膏的材料，轻揉细搓，一边搓一边落泪……

我盛上一碗拌了蜜的膏水，恭恭敬敬地端到床前，扶母亲坐起，用勺子一口一口喂她。她眉头舒展，高兴地用完人生最后的晚餐——一碗农村美味凭抛膏。

红豆情深

千米高山上的华安县马坑乡和春村，有一棵珍贵的南方红豆杉，树上挂着"福建省古树名木"保护牌，树龄600多岁。它的高度让你仰头，它的故事让你感怀。面对仿佛拥有老寿星般睿智的大树和古老的传说，令瞻仰者唏嘘。这是岁月馈赠给山村的珍贵礼物，古树又见证了和春人一代又一代的情怀。

20世纪70年代，我曾在马坑乡工作，有机会爬上千米海拔的和春村。来到村中的一座祠堂，穿过祠堂前的池塘，能一睹宗山楼后那棵古老南方红豆杉的芳容。它的枝梢抽出新芽，嫩黄的枝叶像花一样鲜艳夺目。细叶绿了黄，黄了又绿，树叶落了，还会再长，一棵小红豆杉就长高长大了。日月的流失，年轮的更替，历经风霜的红豆杉蕴藏着许多脍炙人口的动人故事。

20世纪40年代，和春学堂来了一位青年教师名叫李福星，高高的个子有一米七，秀气又有学问，据说是邻近的永福镇大户人家的孩子。他教授语文，经常利用夜晚走访农家，与穷苦村民很谈得来，许多青年成了李老师的朋友。学生邹仕坦的父亲是农会一员，李老师去过他家几次。仕坦的姐姐邹兰英长得漂亮但不识字，想读书却没有条件。她含羞地央求李老师能利用业余时间教她识几个字。李福星一口应承。邹兰英聪明伶俐，加上老师上门勤。兰英挑灯夜读，半年时间就会读会写，还学会写简单的书信呢。两位青年相处在一起，心灵相通，日久生情，顺风顺水有了爱恋。双方父母也没反对，兰英的父亲十分满意。李福星原来是闽西地下党员，组织派他到和春发展农村新党员。两年后，李福星接到调令另有任务。离别时，他亲手将一串自制的红豆手镯戴在邹兰英手上作为定情之物。

古老红豆杉，见证了李福星和邹兰英美好的爱情。在这里，可以听到红豆杉的爆荚的呢喃，如同黄土地的呼唤。一颗红豆镶嵌在女孩子的心上，如泣如诉，像一滴红泪，让有情人的情愫迅速地滋长，没有什么能够阻挡这颗美丽到奋不顾身的红豆。红颜一茬茬老了，树却顽强地年轻着，大自然是如此强大。

古老的红豆杉，听闻了多少次相思的曲子，见证了多少人间炊烟。每天清晨，红豆杉在一声声悦耳的鸡啼声中醒来，似水流年。生态和谐，金山银山，万物生辉，久违的天籁之音又回来了。走在村道上，我感到如此振奋，欢欣鼓舞。

小草紫苏

有一种杂草土生土长，野性十足，却不张狂，能散寒驱湿，解除病痛，舒心健体。

这小草便是一年生直立草本植物紫苏，在南方到处可见，茎绿色或紫色，钝四棱形，长长的柔毛密被。适应性强，对土壤要求不严苛，无须特别呵护。它因栽培引起变异，叶全绿叫白苏，花为白色；叶两面紫色或面青背紫的叫紫苏，花的颜色粉红或紫红。

小外孙房间书架上有好多儿童读物，书香盈屋，我坐在窗前悠闲地翻看一本《唐宋诗词选》，偶读南宋诗人章甫的《紫苏》："吾家大江南，生长惯卑湿。早衰坐辛勤，寒气得相袭。每愁春夏交，两脚难行立。贫穷医药少，未易办艺术。人言常食饮，蔬茹不可忽。紫苏品之中，功具神农述。"不禁令我拍案叫绝，诗人将紫苏的药用说得画龙点睛，透彻无比啊。

记得儿时，大哥常拉我下河摸鱼，下田捉蟹拾螺，回家交给妈妈，清洗干净，无论炖或煮，妈妈都会放入鲜紫苏叶或干品，不仅去腥，还有一种很特别的香味。偶尔买了牛羊肉下锅也要放紫苏叶子。我问她："为啥要加入紫苏叶呢？"她说：

"祖辈留下的传统秘方，那时家人吃水产品，都有不同程度的消化不良、胃肠不适，去看郎中，他说煮水产品加几片紫苏叶就不会有副作用了，还能去腥增香。一代传一代，食用紫苏成了习惯，再也没烦心事呢。"

改革开放初期，我有幸到东北考察学习，有一顿晚餐安排在朝鲜族的餐馆就餐。服务生端上一盘烤牛肉，附带一个小草筐，里面摆放得整整齐齐的植物叶子，我一看正是紫苏叶。服务生告知客人，烤好的牛肉，蘸上酱料后，用叶子包着吃。我心里有点唐突："这有啥好吃的？"看着大家迫不及待的样子，我才小心地尝了一小口，那香味扑鼻没得说，烤牛肉入口才叫绝呢！这是我吃过大江南北的牛肉佳肴，堪称一绝啊，吃完一块还想伸手，可每人只限一块。牛肉的肉香和紫苏的芳香完美的搭配无可比拟。当地食客介绍，紫苏对朝鲜族来说，是日常食用的一种蔬菜，不仅鲜吃，还用来腌制咸菜呢。

紫苏的药用价值很高，古籍早有记载。北魏贾思勰《齐民要术》说："苏子雀甚嗜之，必须近人家种矣。"入药部分以茎叶及籽实为主，叶为发汗、镇咳、芳香性健胃利尿剂，有镇痛、镇静、解毒作用，治感冒；梗有平气安胎之功；子能镇咳、祛痰、平喘、发散精神之沉闷。叶又供食用，和肉类煮熟可增加后者的香味。种子榨出的油，名苏子油，既供食用，又能防腐，工业上不可或缺。

我是冬泳爱好者，冬泳期间气温变化大，寒气侵袭，有时感到身上发冷，鼻涕如水流清，还打喷嚏等症状。这时取紫苏叶3—5克，开水冲泡几分钟，直接喝下，过不了多久，身上就会感到热乎了，伴有微微出汗，感冒症状一般会很快就会消失。

用紫苏叶驱寒还有一法。有一年秋天气温突降，北风夹着大雨，我光着头从乡下回家，衣服裤子湿漉漉，浑身发抖。妈妈烧了一锅紫苏汤水，我换好衣服就泡脚，身体很快温暖起来。紫苏能散寒发汗，用于风寒表证，见恶寒、发热、无汗等症，常配生姜同用；如兼有气滞，可与香附、陈皮等同用。葱白具有散寒发汗、解表祛风的作用，可以用于感冒头痛，鼻塞；而生姜具有发汗解表、温中止呕的作用，两者配合，可以增强发汗的功用。

正如朝鲜族食客介绍的，紫苏叶子的吃法还可以腌制，方法也简单：采摘紫苏叶清洗几遍晾干，将大蒜、生姜捣碎后，锅烧热放入生油、花椒，然后蒜、姜加入翻炒，闻到香味后出锅，加酱油、生抽、细盐、白醋搅拌均匀，用塑料盒子，在盘底抹上一层调料，一片紫苏叶，再一层调料放一片叶子，盖上盒盖子放入冰箱，几天后，一款美味就可上桌了。

桂花飘香

闽南人常说："桂子花开，十里飘香。"的确如此，数百年来，老家村东那棵高大挺拔的桂花树还是那么葱翠，遐迩飘香。到了花季，爽朗的天地间、枝条间一粒粒如小米般金黄细腻的桂花穿成串、码成堆，满树都是盛开的桂花，微风拂过，浓郁的芬芳四溢开来，加上鸟鸣虫唱，让乡亲们一天到晚心花怒放。

桂花又名月桂，在我国有着 2500 多年的栽培历史。难怪白居易在《东城桂三首》中写道："遥知天上桂花孤，试问嫦娥更要无。月宫幸有闲田地，何不中央种两株。" 1771 年，经海上丝绸之路，我国的桂花经广州、印度传入英国之后便迅速扩展。现今欧美许多国家以及东南亚都普遍栽培，成为各国重要的香料植物，促进经济发展。

我的老家山多林茂，树种繁多；历来村民们对桂花树情有独钟，精心呵护。闽台许多习俗几乎相同，如新生婴儿出生的第三天要举行仪式，俗称"做三朝"，就是要给婴儿洗第一次浴，俗称可洗去婴儿从"前世"带来的污垢晦气，使婴儿来到人间平安吉利。当地也称"洗三朝"，要采摘桂花树的叶子，加上柑橘、龙眼等树叶和清水烧成一桶香汤，请村里有经验的妇女长辈给婴儿初浴，浴毕才换上由外婆送来的新衣，抱着上厅堂拜见祖宗和神明。

村上那棵古老的桂花树，每当桂花盛开，空气中氤氲着桂花的甜香。闻着桂花的香气，顿觉神清气爽，花香盈满心房。大人小孩不禁走出家门聚集树下，或赏花，或闲聊，或玩耍，话题总绕不开桂花。桂花树虽无炫目的花颜，其花香却清幽馥郁，令人久闻不厌：乡土的总是最好的。

我喜欢桂花树，喜欢它质朴高雅、冰清玉洁，喜欢它不畏风雨和严寒，喜欢它从容淡定、历久弥坚——而且桂花还见证了我的婚姻。20世纪70年代初期，我认识了上山下乡被招工在县城粮食加工厂的女朋友，后来谈起恋爱。那个时代青年谈恋爱没有现在浪漫，中规中矩又传统刻板，羞涩难当。每当夜幕降临，各自回避同事和工友，像做亏心事似的不敢走大街，专挑小巷小路走。我和她相约来到靠山小公园，那里种有好多桂花树，树虽然不大，却能给我们打掩护，话绵绵情依依……是桂花树看着我俩走进婚姻的殿堂，喜结秦晋之好。

"吴刚捧出桂花酒"，桂花树不仅是观赏树种，还寄托着人们的思念之情。皓月当空的中秋夜，坐在桂花树下遥望故乡，隔山隔水，归思难收。在弥漫的月光下踱步，想起苏东坡的诗、李清照的词，神话里奔月和月宫桂树的向往；还有远在京都的女儿和外孙。或许，在我们的心里，乡情、亲人无时无刻不潜藏在我们内心深处。而今，又是桂花飘香之际，不知那一缕缕桂香牵引着多少游子思念情愫呢？

老家的老橄榄树

　　老家大厝后有两棵老树，右为鹅掌木，左是橄榄树。两棵树的中间长着一眼水源丰盈的泉眼，那是从大山深处迸发出来、流淌不绝的甘泉，滋泽着一代一代生灵。橄榄树头用鹅卵石砌起一堵墙，保护水土不被冲刷，树头成了一个不小的台面。笔直的树杆，长向空中的枝叶，上进心十足。如云的冠盖，尝试遮天蔽日。匪夷所思的是，它竟然成功了。如果没有它的允许，阳光都甭想射透其浓荫，到地上播种斑驳的光影。连高高在上的太阳都敢叫板，可知这棵橄榄树有多自信啊！反正云天在上，苍穹无顶，岂不正好舒展凌云？

　　"不要问我从哪里来，我的故乡在远方……"三毛的歌词写的让人们对橄榄树云牵梦绕。除了这首脍炙人口的歌曲外，橄榄树还是和平的象征。世界上爱好和平的人们把鸽子和橄榄枝当作和平的象征由来已久。

　　作为一种树木，橄榄树是坚强的树种。父亲说，这两棵老树先于建厝前就安家在此，有百多岁了。前辈极有远见，摆罗庚问卜选址建屋，讲的是"金木水火土"五素齐全。厝后有树，树下有水，郁郁葱葱，泉水叮咚，树的护荫，水的滋润。人居于此既是缘分，也是福气，生活在良好的自然环境必然幸福美满。

橄榄树的一生是奋斗的一生，想必也有它坎坷的经历，经历过几次台风、地震，周边大量树木被刮倒，部分民房损毁，山体滑坡，而它依然坚韧不拔地守护着这块土地。不说其他，邻居的鹅掌木就没有那么幸运，还被狂风拦腰折断过呢。橄榄树尽管已是上了年纪的长老，却有着惊人的生命力及自我防御能力，被当地人称之为"生命之树"。它见证了农村的土地改革、合作化高潮、联产承包、改革开放、脱贫致富、新农村建设……老橄榄树不讲索取，却讲奉献，每年累累硕果挂在高高的树梢上。村民望果兴叹，用竹竿打鼓，石子扔抛，弄断了枝丫还是吃不上橄榄。吞一口口水解馋，耐心等待橄榄果熟蒂落后才得以捡拾，塞一粒入嘴，细嚼慢啃味道甘酸含有大量水分，别有一番风味，令人精神焕发，生津止渴。其鲜果富含维生素和矿物质，可解毒排毒，镇静安神，美容养颜，与瘦肉、骨头炖汤已是宴席上一道佳肴，也可晒一晒消失些水分，拌上姜丝、盐巴，然后腌制在玻璃罐里数天，开封后的橄榄吃起来不比蜜饯差，清香甘甜。

远离故乡的游子乡愁挥之不去，前年我带着从北京回来的大闺女及外孙女，重回故园，再看一眼老橄榄树。它仍坚挺如昔，岁月似乎不曾流逝。我终于明白，人生有些东西是不能用时间来界定的，一如这棵橄榄树，童年时，炎炎烈日下，宽大的树冠营造出一廊宜人的清凉。打造康氏家族老人和孩子的和谐天堂，尽享人间乐趣。男人端来小桌及茶具，烧水泡茶；村妇端着针线活计剪裁新衣，缝补破旧；女孩编制着丝线，小屁孩玩起过家家、捉迷藏游戏……

如今，一条从县道延伸进村的水泥公路连着村中大道，直通老橄榄树下。女儿回忆，六七岁时被父母送回老家和奶奶生活一周，那时的农村不仅经济贫穷，卫生极差。小女雪白幼嫩的皮肤被蚊子黑虫叮咬千疮百孔，她妈来接她回去时，两眼泪汪汪痛心疾呼："活受罪啊！"弹指一挥间，40多年过去了，新农村今非昔比，一座座两三层高的小楼房红砖白墙钢筋结构，取代了过去的土瓦房，茅厕不见了，环境卫生好了。道路硬化，两旁绿化美化，草绿花艳不比城里差。路边一行行黄花菜吹起喇叭迎客，微风吹拂，还点头哈腰呢。原来百分之八十的村民周游全国各地养蜂，成了闻名全国的养蜂专业村。如今纷纷返乡创业：民宿、餐饮，乡村旅游风生水起，饲养土鸡土鸭，种植有机蔬菜，既满足游客需要，还网上直销呢。老橄榄树身后的亚热带原始森林成了避暑胜地。小外孙从地上拾几枚橄榄，泉水冲冲塞进嘴里，咀嚼一颗青橄榄，又酸又涩，有点咸有点甜有点酸有股说不出的味道，这在大都市北京算是罕物了。她的嘴角浮起了一丝甜蜜的微笑。姥爷问起有何感受，她说："吃的是土鸡土鸭，自种蔬菜，还有山上的红菇、香菇等食用菌，玩的是青山绿水，还有鸟雀昆虫歌声陪伴，还有老橄榄树为我们诉说着故事……"

虎 耳 草

有一天我到郊区拜访培育草花的洪老板花圃，洪氏是一位年轻有为的农大毕业生。她创办的花卉事业与别人不同，善于从小处着手，创出大业。我在花圃里见到一种杂草界很不起眼的小杂草，竟然也被她引进花圃当花卉产业培育，我饶有兴趣地问道："这草不就是闽南到处可见的虎耳草吗？"

"没错！虎耳草又名石荷叶或金线吊芙蓉等，它既是能迷你目光的美丽鲜花，又是一味滋养身体治愈毛病的草药。"她补充说。

"想不到大自然里的野草都能培育成赚钱的产业呢。"

难怪"持续"成了虎耳草的花语呢。

我离开花圃时，洪老板顺手端起一个种有虎耳草小苗的塑料钵递给我，说："放在书房或客厅，会给你增添一分乐趣和好心情。"

于是，我换了一个大一点的陶瓷花盆，将它放置在书房的阳台上。自此，虎耳草成了我生活中的一员，莳养时间一长，也慢慢看出了虎耳草的真面目。它不择土壤，喜半阴、湿润，四季常青，生长粗放。尤其是每年的春夏季节，是它最风光的时节。虎耳草外形奇特，叶像荷叶，叶脉分明，叶片厚实，正面看墨绿色，翻过背面又是浅绿色，叶面及茎上布满细密的白色茸毛，形似虎耳。当它的每片叶子长到一定大时，便从叶腋间长出丝状赤紫色匍匐茎，初期半透明，很鲜嫩。随着叶子的生长，匍匐茎也越来越长，还能在茎上抽节萌芽，又长出了许多儿孙辈的虎耳草来，匍匐茎还不衰且健继续爬行漫延。不计其数的小虎耳苗在茎上喷发出来，一、二、三……老伴看客厅空荡荡，别出心裁将虎耳草当吊兰，将它悬于半壁，红丝绿苗随风荡漾，真是妩媚动人，她送给一个好听的名，叫"金丝荷叶"。如果从蔓茎上摘下小苗，栽在其他的花盆，自然而然又成了新盆，拓展了新天地，抹上了一片绿。更为奇妙的是它在6月上中旬会开出众多白色花朵。只见在稍高的花莛萼上，每朵小花的花形是上面三小瓣，下垂两大瓣，形状像个"大"字，粗看酷似鸽子树开的花—满树停立着白色的"和平鸽"。大自然里，等到花开时，田野间布满虎耳草，远远望去，低低矮矮的叶片中，好像伸出了许多红色的小耳朵，这又成了可圈可点的田野一大旅游景点啊。

我种虎耳草多年，有一年我女儿说她同事的女儿患了多年的烂耳朵，每到夏令季节会流出脓水，气味难闻。我顺手采了些虎耳草鲜草捣烂、挤出汁液装在小玻璃瓶子里，让她同事带回去直接滴进女儿的烂耳里，滴了几天，烂耳朵竟然好了。

夏天的夜晚，蚊子、小黑虫纷纷出动，寻找袭击的目标，小孩子皮肤幼嫩，是蚊虫首选。有一次，小外孙的小腿不知被什么虫子咬伤了，只见黄豆般大的伤处，又红又肿，痛得小孙子直叫喊。老伴又从花盆上采了几片虎耳草鲜叶清洗后，揉碎了帮他敷上。第二天早上，伤处竟奇迹般消肿痊愈了。

虎耳草是草本多年生，在我老家乡下，路边、山上，喜好生长在背阳的山下及岩石裂缝处，小草的力量不可估量，时间长了或许可以将岩石割开，或将巨石托起，难道这不就是它的"持续"精神所在。学习虎耳草花精神也许能够持之以恒慢慢累积成伟大的成就呢。

开花的时候会从中间长处一根细细长长的茎，它的花尖形状是红红尖尖的，等到花开时，田野间布满虎耳草，远远望去，低低矮矮的叶片中，好像伸出了许多红色的小耳朵，这又成了可圈可点的田野一大旅游景点。

家庭养花种草，既可观赏又有药用，以备不时之需，一举两得也挺好的。

凤凰花开忆龙师

那年我高考败北，被龙溪师范（一年制）录取再读一年，由此加入小教队伍。

学校在漳州市区中心，是龙溪师范的前身。创办于1905年的汀漳龙师范传习所，其实在乾隆二年（1737）就已经建置近代漳州的首座公办学校——丹霞书院了，历史悠久。

进入学校大门有一个好大的人工湖，碧波粼粼，通过一座石拱桥就到达学校主楼。建筑中规中矩，旧教室多为两层楼房，大门右边有两幢新建的五层教室。相当规模的图书馆位于校中心，藏书不少，是陪伴学子的最佳去处。校园内道路两旁及教室周边主栽凤凰木，如一排排忠实的卫士守护着这座历史悠久的育人学堂，成为校园的一道亮丽风景。

我们9月入学，凤凰木顶上的枝叶间挂满一条条灰色的弯豆角。墨绿的叶随气温下降逐渐转黄，仍然默默地为人们遮阴挡阳，任凭暴风骤雨来袭，神态自若。而在冬季来临，它似乎长眠不醒，可谁曾想，它竟是在暗暗积蓄气力，一到酷夏，原本光秃秃的树梢，眨眼间便嫩叶满枝，"绿树浓荫夏日长"的雅致也就翩然而至了。一两个月后，灿烂似火的花朵又布满枝头。我喜欢在这种境界中，站在凤凰木树下冥想，神思飞越。

读《诗经》，看到"凤凰鸣矣，于彼高岗；梧桐生矣，于彼朝阳"的诗句，抬头看一眼教室外面的凤凰木。心潮涌动，原本，这种火红的树不开花时，青翠的叶子就像羽毛一样轻盈地迎风摇曳，似在诉说那个古老的故事。然而到了六月，便是它最绚烂的季节，漫步在校园的操场上，可以看到树梢一簇簇火红火红的花朵竞相开放，灿如朝霞，于是初夏的阳光里便充满了凤凰花的芬芳。远远望去，绯红的花朵千娇百媚，一丛树看似一片火海，有人说它是"满天红"一点也不为过啊！这片红映衬着校园里色彩单一的教学楼，诗意盎然，甚是炫目。而落下的花瓣像一只只蝴蝶在风中飞舞。几个女生在树下捡拾片片落花，或是装在口袋里，或是洒在发梢上，快乐地边拾边唱着童谣："满天红，日日红，东边开花西边红……"而有的男生却拿着树的枝条在玩耍，你追我赶，一派欢乐温馨的景象。

而且，凤凰花仿佛就是为离别而生的，鲜花开放渲染着离别情绪，似乎也象征着涅槃重生。因为此时，正是毕业离校之季。置身树下，在枝叶缝隙光影间看到了漫天飞舞的花与叶，不知道又有多少学子在凤凰树下满怀惆怅？我曾目睹树下男同学举着酒杯到处祝福，女生含着泪水相拥而泣。还有一些离别的情侣，在树下绕了一圈又一圈，每一步都如此艰难，从此挥手自兹天各一方。凤凰树下，有太多的不舍，却欲说还休。多年的同窗情深难舍，曾有的瓜葛云淡风轻，往昔的深情成过眼烟云……凤凰树啊凤凰树，咸涩的泪水里有别离的煎熬，见证着世间的深情。

一晃50年过去了，母校龙师随着历史不断演变，已在岁月中消逝，那个栽有凤凰木的校园永远鲜活在自己的脑海里，歌声，笑声，读书声……声声盈耳，回回入梦。啊，我母校那美丽的凤凰木！

结缘香樟

在老厝旧厝角有一棵香樟，我伴随着它成长，在我的孩童时光里，它成了我的玩伴之一，每天在我注视的目光中向上生长。在我离开家乡后，香樟还时常出现在我的梦境里，挥之不去。

老厝的房前屋后种着许多果树，桃李、芒果、芭乐等南方的水果。山区小气候，湿润和煦，果树长得特别茂盛还年年挂果。一阵春雨过后，桃李间突然冒出一株幼小的树苗，待小苗长出叶子，我好奇地问妈妈："这是啥树啊？"母亲蹲下来认真细瞧了一会儿，说："孩子，这是鸟拉屎拉出来的树籽发出来的，好像是一株樟木苗。"

风卷云舒，草长莺飞，一年多时间，小树苗已经悄然地长到跟我的个子一样高了。尽管枝条瘦瘦的。在放暑假的日子里，我每天都要爬到高高的桃树上，斜躺在树丫上，边吃桃子，边看着天上的云彩在变幻着形状，惬意极了。此时，在我的俯视下，感觉小树苗如此的渺小，像桃树下的小草，以一种仰望的姿态在向大树致敬。

小树在一天天成长，一年年变样。我也在天天长大，树长我也长，我高树也高，在它身边，洒下了许多许多欢声笑语，留下了一串串美好的回忆。不觉间，小树已和屋子齐高，开始向外界张望了。一天，妈妈在采收芭乐时对我说："我说得没错，这是一株香樟，你闻闻还有浓浓的香味呢。"

香樟也算是珍稀树种啊，主要分布在广东、福建等地。树高可以达到四五十米，树龄上千年，称得上是参天古木呢，十分适合园林绿化。

在我中学毕业时，它起码有10多米高，叶子茂密，腰身粗壮，树枝直直地伸向空中，尤其是夏天，孩子们在树下乘凉，边泡茶边吃零食，听老人家讲了远古的故事。山风阵阵吹来，舒服惬意。

十年树木，百年树人，此话一点不假。樟树在30来年的光阴里，从幼儿长成小伙了，枝繁叶茂，昂首挺胸，一年一变，让我从当初的俯视变成了现在的仰视，而我自已也从当年的孩童一步步走向成熟，走进城市。尽管它只陪伴我10多个年头，但我常在思乡的梦里见到它。

那年，邻市园林部门为建一座闽台名树观赏园区，派专人到我市农林局联系采集一批闽南名树，我特推荐老家屋角的那棵50年树龄的香樟，经专家实地考察很快入选。因为父亲向我提起过，香樟长得太快太高了，把屋角的墙基都拱坏，恐怕会影响屋子安全。父亲也希望将香樟挪个地方，能更好地生长。这次能进入闽台特种树种观赏园，不仅能得到更好的保护，而且能让更多人一见它的芳容，意义重大，父亲表示无偿赠送。

挖树那天，园林已经在种植区挖好了穴，吊车费了好大的劲才把香樟吊起来，然后再把树头小心翼翼地用稻草包扎起来。让老香樟在它的而立之年，赶上了时髦，进"城"去了，从农村户口变成了城市户口。移走了香樟那几年，在我心中十分牵挂，香樟离开乡村，不知在城里过得还好吗？

预想不到的时光走过 20 年，因为女儿在鹭岛工作，我从岗位上退下来后也迁居鹭岛，家住离闽台特种树观赏园不远，每天散步都要往观赏园绕一圈，园内有大陆名花名树，如红豆杉、金丝楠、香樟等，也有宝岛名树，如吊瓜树、烟火树、乌甘籽等等……香樟以它的独特优势生机勃发，与同胞和睦相处，相守观赏园区。

能天天与香樟见面，老伴说："真的有缘啊，既陪伴你少年又陪你老年……"

五 行 草

城里的老朋友给我发来微信，希望有生之年能再见老友一面，还特别交代带一把老家的五行草，想吃我做的五行草馅饺子。

五行草，学名马齿苋。《本草纲目》介绍，因它叶青、梗赤、花黄、根白、子黑，俗称"五行草"。

老朋友叫庄可馨，前段体检查出乳腺癌，前几年丈夫病逝，孩子又不在身边，精神打击过大，加上年过花甲，对生命延续不抱太大的希望了。

庄可馨知青上山下乡分配在我老家农村插队。她生在城市，家里经济条件优越，父母都是中学高级教师，又只有一个女儿，视为掌上明珠。她长相出众，气质清纯，高挑的个子，雪肤冰肌，走到哪里都会吸引人的目光。她能歌善舞，一口标准的普通话不亚于广播电台的主持人，令人羡慕。村里小学教师奇缺，几个月后大队安排她临时代课，这对于城市小姐来说，站讲台拿粉笔，省去肩挑日晒，她知足了。

庄可馨刚到农村时晚上经常失眠，加上年青内火大，皮肤奇痒，疮痘、无名肿毒接踵而来，让她开心不起来。那时她和我未出嫁的姐同龄，两人有话说，常来找我姐玩。我母亲看着她美丽的面庞被那疮、痘无端地糟蹋，心痛地说："内火过盛，我采些五行草清热解毒，煮水喝，也许有用。"她求之不得地说："谢谢阿嬷！我喝。"她跟着我妈到屋角采了一把新鲜的五行草。我妈拿出瓦罐放进青草，加上清水置于炉子上，煮好分两次喝。后来我妈送给她一把瓷瓦罐，庄可馨自己采马齿苋，在宿舍自己煮，喝了一个多月内火消去，美丽的脸庞又水灵灵的了。

庄可馨很看重代课的工作，备课认真负责，一丝不苟，讲课幽默活泼，每节语文课学生都像在听故事，教室里鸦雀无声。本校教师杨大伟与庄可馨来往较密切，小伙子能说会写，待人热情，一来二往，两人在长期的教学工作中增进了感情。大伟得知马齿苋能治愈庄可馨的皮肤病，就经常结伴，利用没有上课的时间上山。虽说这是一种野草，却含有丰富的铁以及维生素 E、维生素 B 等营养物质，能抑制人体对胆固酸的吸收，降低血液胆固醇浓度，改善血管壁弹性，对防治心血管疾病非常有利。而且五行草生食、烹食均可，柔软的茎可像菠菜一样烹制。其茎顶部的叶子很柔软，可以像豆瓣菜一样烹食，做汤、做沙司、蛋黄酱和炖菜。五行草和萝卜或马铃薯泥一起煮，也可以和洋葱或番茄一起烹饪，其茎和叶可用醋腌泡食用。

五行草像一座爱情鹊桥，让两位热血青年走到一起，也就在国家恢复高考时，庄可馨正式向父母提出和杨大伟结婚，遭到父母的强烈反对。庄可馨也不是没有动过回城或参加高考的念头，可是她一回想起 30 张孩子可爱的笑脸，那求知欲望的眼神，永远挥之不去，农村的孩子更需要老师，她没有理由离开孩子们。她鼓足勇气和杨大伟领了结婚证，在学校里举行了简单的结婚仪式。

我带上当天新采的五行草，按下庄可馨家的门铃。我们啥话都不说，唯独怕冲淡难得见面的心情。我从碗柜拿出盆子，准备先做五行炸饺子。将五行草焯水切碎，揉好面团，胡萝卜、豆腐皮切丁，打了两个蛋煎了备用，调料放适量配好，面团切小，擀好饺子皮，包好饺子下油锅炸。一盘美味的五行饺子上桌，庄可馨垂涎三尺，啥也不说举筷一个接着一个只顾吃，庄老师已经是多年没有品尝五行饺了。

我安慰她说："面对现实，首先精神不能被压垮，锻炼要坚持，开开心心过好每一天。邻村土郎中有一祖传偏方，九节茶对乳腺癌有特效，你不妨试试。"我从蛇皮袋里取出一大捆九节茶的根茎，还有晒干的五行草，这两草药要配合着服用。庄老师多年生活在农村，对青草药深信不疑，"好，好，太好了！"我看她那高兴劲，身上的病都好了大半呢。

"病树前头万木春"。每次九节茶和五行草用完了，我又继续再送，春天寄去鲜青草，细水长流，从不间断。

过了一年，庄可馨到医院复查，结论是病情控制住啦！皆大欢喜。

夸夸爬山虎

一介小草成了治理水土流失、美化城市环境、锻造金山银山的功勋植物——它，便是令我一生难以释怀的爬山虎。

乡下老家，爬山虎的青藤绿叶铺满山坡。我的童年玩具匮乏，一伙放牛娃曾玩起野战游戏，各人扯上一把青藤扎成圈戴在头上，树枝当枪，曲拳吹出冲锋号，双方对阵打野仗；有时将藤扎在腰间，成了修路民工，哼哟哼哟，劳动的号子唱起来。烈日炎炎，掀开石洞门青藤绿帘，孩子们躲进凉爽的洞里，听大孩子讲故事。爬山虎给我儿时留下难忘的印象。

20 世纪 90 年代末，我驻诏安官陂一个治理水土流失的示范点，在讨论采用啥物种能让光秃秃的红土地梦幻般地披上绿衣。一首好诗在我脑海里闪烁："再贫瘠的土地，只要有我，会让绿色充满你的心间。给我一滴水，立刻让你的世界春光无限……"全诗对爬山虎充满赞颂，它完全可以承担治理水土流失的重任。

爬山虎，又名地锦，古称地锦唐寅，属葡萄科地锦木质藤本植物。试点选在赤裸裸的地面或光秃秃的石头山上。爬山虎繁殖容易，我们采用播种、压条和扦插移栽等多种方式一起上，春风吹拂大地，藤蔓蔓延，四处摇晃，遇石攀石，遇树缠树，碰到啥攀爬啥，浑身伸出无数个细卷、呈螺旋状的"小脚丫"，分泌神奇的黏液，弹射出去，钩住一处，爬成一片，开辟它的新天地。难怪爬山虎引起作家叶圣陶先生的兴趣，他在《爬山虎的脚》一文中写道："爬山虎的叶子绿得那样新鲜，看着非常舒服，叶尖一顺儿朝下，在墙上铺得那样均匀，没有重叠起来的，也不留一点儿空隙，一阵风吹过，一墙的叶子就漾起波纹，好看得很。"未下雨时，叶片没有这般水灵，但撑开的葱碧与阴凉，是蚂蚁与蚯蚓的天堂，累了的蜻蜓们偶尔也会在嫩叶上停歇。一阵暴雨过后，叶片洗涤一新，油然发亮。夏季黄绿色小花朵朵开，有一定的观赏价值。到秋天，结出的果实小球从白粉变为蓝黑色，像一串串密集的黑葡萄。爬山虎还是一种很好的药材。我试着用手扒下爬山虎的藤，它却牢牢地抓住附着物，有一种不朽的生命力，它只要有一点活的希望都不会放弃，而是用尽自己全身的力量抓住大地，绝不让水土流失。光秃的岩石表面，每棵大苗一年可以爬到 10 米多长，4—5 年覆盖面积可达上百平方米。3 个裂片的大叶像手掌，相互嵌合，天衣无缝啊。它毫不畏惧，一步一个脚印，明确的方向，坚实的脚步，攀附而上，构筑出青山绿水的新世界。

你可别以为爬山虎只能用于治理水土流失，它还是大城市绿色使者呢。现代化城市高楼耸立，街道狭窄，高架立交，水泥柱林立，污染严重，有限的空间扩大绿化面积难于上青天。改变如此局面，国内外的许多成功经验，采取垂直绿化，向高空发展的模式，爬墙虎成为都市建筑物中垂直绿化、装饰环境的最佳用材首选。当你置身于鹭岛乘坐 BRT 时，一处处水泥桥墩、立交桥、隧道口、道路两旁的石头山上，爬山虎日日夜夜坚守岗位，摇晃三瓣掌热情地欢迎您。在海湾大道有一间朝西的餐饮店，每年夏季生意寂寥冷清，很不景气。一位林业专家来店就餐后献策，在西向那面墙播种爬墙虎，让它以墙为家。这与安装上一层隔热的屏障没有两样，餐饮店外貌大为改观，春色满墙，室内温度也降低了三五摄氏度，相对湿度也提高了。前来就餐的吃客既饱了眼福，又享受到丝丝凉意，何乐而不为呢？它不仅可达到绿化美化效果，同时也发挥着增氧、降温、减尘、减少噪音等作用，是藤本类绿化植物中用得最多的材料之一。厦门园林工作者们，看好爬山虎，从地处沿海、山头岩石裸露、造林绿化或栽草绿化难度极大的特点出发，科学地在石头山上栽相思树，道路两边种三角梅，路边树下栽草绿化，不能种树又不能栽草的悬崖石壁，广植以爬山虎为主的藤本类植物。爬山虎在构建人与自然和谐的社会进程中，为社会文明立一功。

云水谣的榕树

榕树，在闽南各地随处可见，但没有见过一棵像云水谣小溪旁那棵老榕树蕴藏着那么多脍炙人口的故事。

2006年，一部诠释两岸离散、爱情唯美、名叫《云水谣》的电影，在南靖县书洋镇长教村取景拍摄。电影上映后产生了轰动效应，经济理念像一只无形的脑壳虫无孔不入，认定电影名气可资借重，于是便把长教所在的长教片区更名为"云水谣"，一江溪流也改名为云水谣溪了，而那棵古老榕树从此有了崭新的名字——云水谣榕。云水谣榕长得干净利落，就如同云水谣到处山清水秀一样。它根扎大地，挺直腰杆伸向空中，绿冠像一把巨伞福祉当地百姓，焕发出青春不老，蓬蓬勃勃的活力屹立于溪边。

土楼、溪流、古榕、栈道四点一线。土楼成了招揽八方游客的热门景点，生财有道。老榕树的经济增长点像根丝扎入沃土，一树成林，使榕桩盆景产业蓬勃发展。那年，我带女婿一家来到云水谣，住民宿，游土楼，溅溪流，走栈道，在民宿屋后发现一片榕树盆景培育场，当地农民成了老板，既经营盆景场，又兼营民宿。他收集榕树上掉落的种子作为脱贫致富的引子，播撒入土，浇水施肥，幼苗蹭蹭出土，嫁接上各种品种的榕树枝条，育成一批批造型独特、成长快的榕桩艺术盆景。控制枝丫的生长速度和高度，使榕树长成形态自然、根盘裸露、树冠秀茂、风韵独特的地瓜榕、人参榕盆景，不同规格、形态各异。适合居家、公共场所摆设，让见者惊为天成而心生愉悦，风靡海内外。走向全国还漂洋过海，成了摇钱树。成了脱贫致富的支柱，托起闽南花卉的大产业。

20世纪90年代末，闽南盆景迅速发展，漳州市榕桩盆景研究所应运而生，雕刻师郑建明担任所长。他继承传统，大胆创新，博采众长，卷起铺盖，离开温馨的家，住进培育场，夜以继日，钻研技艺。他一日三餐不定时，得了胃病，有时疼痛难忍，只好拿根木棍撑住痛点，还坚持制作。郑建明在攻克小叶片难题时，苦苦思索，终于猛然醒悟，控制叶片小如瓜子就要极大限度地增多叶片，常年调控。经过五年尝试和研究，榕树盆景的瓜子叶片控制获得成功。

从云水谣小溪悬崖掉落的一株古榕树头，被郑建明拾回。十年磨一剑，大自然的优美在小盆里浓缩，意境深邃，巧夺天工，是可遇不可求的极品，名为《风韵飘然》的榕桩盆景，被推荐参加2018年昆明世界花卉博览会并夺得金奖，中国榕树盆景走向世界。当时国家农业部长陈耀邦夸赞不止。农民雕刻师被国家有关部门授予"十大中国盆景艺术大师"的称号。

老榕树见证过世间风雨，但并不老态，老态龙钟，只认同古色古香。

护桑婶

　　闽南古城的东南隅有一棵老桑葚树，仰头看，头上的帽子会掉的。老桑树长势葱茏，枝繁叶茂，在少有空调的时代，老桑葚树成了酷暑时周边居民避暑的好地方。三三两两相聚在桑树的巨伞下，有的喝茶聊天，有的讲故事，还有的叠方块打麻将，也有的下棋、看书等等，各干各的。桑树下有一位老阿婆，虽然白发苍苍、满脸皱纹，但身子硬朗、步伐矫健，整天东奔西走，忙忙碌碌。她心地善良，待人热情又大方。

　　阿婆大名叫杜阿娇，外号护桑婶。老桑树长在她家的空地上，每年夏天树上结满累累桑葚，粒粒饱满晶莹剔透，红得发黑令人流口水。可惜树太高，少有人敢爬上去采摘。每到更深夜静就有不安分的少数嘴馋者，有的拿竹竿捅，有的丢石块，也有的顽皮男孩口边流涎，爬上树顶偷采几串。有一个雨后的夜晚，邻居的小男孩爬上树，树皮滑溜，一不小心从两三米高的树上掉落。杜阿娇听到巨大的响声，心惊胆战，披衣下床，冲出大门口。地面上的小孩昏迷不醒，她赶紧叫来小孩的父亲连夜送进医院。经全面检查，孩子摔断了一条腿，幸好没有大碍，保住了小孩的生命，护桑婶念念有词说："桑神保佑！桑神保佑！""神树"迅速传遍四方，后来陆续有香客在树头烧香磕头求保佑。

从此老桑树进入"神树"系列了，杜阿娇也成了"护桑婶"。

我认识护桑婶说来实属偶然，读了《蚕》一文后，也学养蚕，可城里的桑叶太难找了。我东找西找，偶尔能在郊外见到踪影，却也是光秃秃的被采光叶子。有一次，我发现一株外形像极的树叶子，高兴地采了一大捆回家，投给蚕宝宝，小宝宝连看都不看、闻都不闻，那不是桑树的叶子。正当蚕宝宝处于绝望之际，一位老爷爷介绍我去找护桑婶。这对我来说真是天大的喜讯，我家的蚕宝宝有救了，护桑婶不仅关爱人，也关爱虫呢。

桑葚树，属桑科落叶乔木，不论在城市或农村，它都是绿化的好树种。早在2000多年前，桑葚就是中国皇帝御用的补品。因桑树特殊的生长环境使桑果具有天然生长，无任何污染的特点，有着"民间圣果"的美称。桑葚树浑身是宝，据药书记载，桑葚味甘性寒，入心肝肾三经，是理想的养肝益肾、滋阴补血的上佳之品。每到春末，老桑树枝条吐绿，护桑婶推出大桶茶水和大碗，采摘桑叶洗干净，放入大锅煮水，烧开后慢火熬制，桑叶在沸水中慢慢舒卷，香气弥漫了整个房间。新鲜的桑叶茶刚喝时感觉苦涩，品饮几口，则清香甘醇，余味悠长。免费让树下的桑友和路过的客人既解渴又能防病。她经常说："日行一善，用爱心滋润这座城市。"

护桑婶担心喝多了单一的桑叶茶会腻口，于是就变着花样煮桑叶茶，有时添加些白菊花，或是冰糖甘草的。唯一不变的是桑叶总是放得恰到好处。护桑婶一直让大家多喝些，说是茶水可以止咳化痰、去热解渴。说来也不无道理，我曾看到一份报道，说是新疆某县长寿者较多，其中主要原因之一就是这里普种桑葚树，当地群众习惯以用桑叶代茶喝，还常年吃桑葚果。桑叶含有较多的叶酸，有抗各种贫血和促进生长的作用，对人体健康意义重大。没想到一片小小的桑叶，却隐藏着如此丰富的自然资源。至此，我才明白护桑婶的良苦用心。多年后护桑婶离世，我也学着护桑婶煮桑叶茶，但却再也煮不出护桑婶当年的味道了。

　　桑葚是桑树结的果子，大人小孩都喜欢，且药食兼宜。到了五六月，树上就挂满紫红色熟透的桑葚果，味甜多汁，有着极大的诱惑力。那时小孩没有那么多零食，于是桑葚就成了攻击的目标。我就傻站在树下守株待"葚"，却只能望它兴叹。后来，邻居那位小孩主动请愿承担采摘桑葚的任务，身上加了安全带保护措施，采下来的桑葚，护桑婶洗一洗分给四邻和树下老友们品尝，见者有份，大家共享，乐哉乐哉！

青春羊蹄甲

　　春风还带着丝丝寒意，中山公园南门通往园南小学的街道行道树羊蹄甲却花开绚烂，一树树繁花宛如彩霞。春季开花的羊蹄甲比夏季的白花羊蹄甲、秋季的黄花羊蹄甲更胜一筹，如火如荼，迷惑了不少游人的眼睛，引来一批批摄影爱好者。

　　此树学名羊蹄甲，别名玲甲花，终年常绿。它粗壮的树干往上分出五六根枝丫，细细密密开满了红艳艳的花朵。五瓣花冠很像兰花的花舌，因此有人称它为兰花树花。小外孙就读园南小学，头几年，每天中午和晚上放学时，我便在羊蹄甲树下等他从校门的台阶下来。那时，有羊蹄甲相伴等人也不显孤单，而且还经常会看到美丽的风景。

　　有几位等候孩子的家长，围拢着写生的青年学生。小画家们聚精会神地用画笔一笔一画的勾画着花的秀美，风吹过时，羊蹄甲的花瓣飘飘洒洒地落在他们发梢上和画板上，看着女生用手指轻轻地捏起花朵，放在鼻子底下轻嗅着，许是落花的幽香给她带来淡淡的喜悦，嘴角便扬起了一丝微笑。在我眼里，那青春的容颜如娇嫩的花朵，绽放在这个新时代美丽的春天。

　　一位年轻的女子推着婴儿车缓缓而来，指着树上的羊蹄甲花教着婴儿说："花，花！花花……"一遍又一遍，眼里充满了深深的母爱。车内的婴儿似懂非懂，手舞脚踢，粉嫩的脸上镶嵌着一双大眼睛，在他的世界里，一切都如此清新，纯洁无瑕。一个生命的诞生其实就是一朵生命之花的盛开，即使是婴儿，也懂得用清澈的眼睛探索着花开的美丽。

小外孙背着双肩背带的书包，哼唧哼唧高高兴兴走出校门。他经过婴儿车，随口吟唐代张南史的《花》："花，花。深浅，芬葩。凝为雪，错为霞……芳草欲陵芳树，东家半落西家。愿得春风相伴去，一攀一折向天涯。"有一回，外孙打球受伤，一伙同学护着他一拥而出，一瘸一拐，却有说有笑，我感到一种少有的温馨，鲜花一样美。

春风和煦，春阳温和，脚下绿草如茵，身边花开正艳，目光所及之处，尽是一片葱茏和姹紫嫣红。羊蹄甲花曳出的缕缕馨香沁入心脾，千种风情，万般神韵，都是大自然的天然组合。世间很多事情，其实都不需要理由的。就像羊蹄甲绽放的时候，即使面对寒冷，也能傲然绽放在大地上，勃勃生机，馨香迷人。世间万物生长，不管是人还是树的生命，只要懂得绽放，就会拥有一份美丽。

每一次站在树下，此情此景，我领略到一种浓浓的诗意。

第二辑 ——

小狗的告白

海迪卡

　　迁居鹭岛，我每天早晨会到大海里游泳。那里有一片宽阔的沙滩满是晶莹、细小的沙子，一脚踩上去，就像踩上了松软、舒服的地毯。一条环岛木栈道将沙滩与草地隔开，以三角梅为主的花坛装扮着海边旅游景点，实在太美了。我们几个泳友每天早晨不定时在这里碰面，先来后到下海锻炼。我每天都能遇上那条金毛犬。

　　"海迪卡"就是泳友老高家那条金毛犬的名字。8年前第一次偶遇海迪卡，当时我与小王在为下海游泳前做热身运动，正赞叹那盆树桩式的三角梅盛开各色鲜花时，迎来一只摇头晃脑、蹦蹦跳跳的金毛犬。主人拉着一条黄棕色的狗绳，金毛亮晶晶的眼睛滴溜溜地转，仿佛浑身都在叫："放风啰！开玩啰！"开心似乎会传染，原本欣赏三角梅的我也不禁嘴角上扬，忍不住问："你家这狗叫啥名字呀？"主人老高微笑着，说："海迪卡"。正往前窜的金毛犬听到主人喊它的名字，立刻停住了，转过头望了望主人，仿佛在问："啥事？""海迪卡！"我重复它的名字，"好好听的名字哦。"它立刻闪电般地把头转过来，看着我，眨眨眼，似乎很认同地说："是嘛，好名字。"

"海迪卡，你好。"我盯着它的眼睛喊道。话音刚落，海迪卡直接冲我奔过来，吓了我一跳呢。"海迪卡，坐下。"老高立刻喊住它。海迪卡才不情愿地坐下，眼睛依旧热切地盯着我。"我能摸它一下吗？"尽管被吓到，我还是鼓起勇气问道。

"可以的，你只要叫它的名字，慢慢靠近……"我伸出手，摊开，遵主人的意思给海迪卡看，然后对它说："海迪卡，你好，真漂亮。"这只站起来有半人高的金毛犬，乖乖地趴在地上吐出长长的鲜红舌头。我抬手摸它的头顶："你真漂亮，一身金毛亮闪闪像缎子一样。"海迪卡静静地让我摸它的头，似乎很享受我抚摸它、赞美它。我要跟它告别，它蛮不舍的，最后被老高强行拉走下海游泳去了。

一回生二回熟，每天早上都会遇见海迪卡，我远远就会大声地喊"海迪卡"，话音刚落，聪慧的金毛犬就一路冲刺狂奔过来。看它狂奔的劲儿，我很担心自己会被它扑倒，赶紧喊："海迪卡，坐下，坐下。"于是，它在离我一两米之外，气喘吁吁地坐下。我伸出双手，给海迪卡看，然后摸摸它的头、它的颈，它乖得像一只慵懒的大猫咪。

有一次，海迪卡下海游泳，先是跟主人比赛游速，只看见海迪卡的脑袋露在水面，竟然不输主人，你可知道主人还曾是游泳教练呢。几十分钟后，一条落汤狗逃离海面，嘴上还紧紧地咬住一只八脚螃蟹，足有三两多重呢。它全身湿漉漉的，兴奋地跑上沙滩，迅速甩头，头的甩动像波浪一样沿着身体螺旋式地扩散到尾部，来回地甩动身上的水珠。最后，走到主人面前将螃蟹献给他。老高高兴坏啦，拍着海迪卡的头美赞一番。

在我与海迪卡接触的五年时间里，海迪卡默默地陪伴着主人，人与狗的深情让人难忘。有一次，老高开小车到市里办事，忘了绑住海迪卡，等老高离开家时，它追一只硕鼠溜出大门，追啊追，上小路，过马路，一直沿着木栈道，流窜到曾厝垵一带，才被一位好心的居民留住在家里，老高花了三天时间才找回海迪卡。那次失踪后，海迪卡再也不敢轻易离开主人家。狗是最通人性的动物，它真的能感知我们对它的善和爱。那年农历八月半遇大潮，海面刮起七八级大风，我们选择时机跳入海中，在与海浪的搏斗中，我身上的救生圈系绳断了，救生圈漂浮在海面上，随着激流离我而远去，我游的是自由泳，全然不知游泳圈漂走了。趴在沙滩上的海迪卡心里非常清楚，一纵身跳出一米多远，潜入激流中，游出好远用前脚抱住救生圈，一步一步游回来，将救生圈交给我，我忍不住潸然泪下。海迪卡如此，许许多多的宠物犬也是，我只不过是真心地赞美了它，而它每次听到我唤它，就会一路飞奔而来，像极了想要扑进我怀里的好宝宝。前年，老高的家搬迁到另一个区居住，海迪卡跟随主人去了，从此见不到踪影，我还真怪想念它——海迪卡。

红隼也有情

　　一天，村民给老洪送来一只小型的鹰。老洪一番端详：它的喙较短，圆形鼻孔，翅长而狭尖，扇翅节奏较快，尾细长，这是一只红隼。它飞行快速，善于在空中振翅悬停观察并伺机捕捉猎物。它是因为左翅受伤落地而被那位村民救起。由于鹰隼类猛禽十分凶猛，一不小心就会被其利爪抓得鲜血淋漓，村民只好送到禽类行家老洪手上。

　　老洪外号叫"鸟语"，因擅长口技学鸟叫，村民送了这一雅号。他从市林业野生动物协会退休回乡下，养鸟种菜，鸟龄已经有十余年了，老百姓都信任他饲养、治疗和管理红隼的任务。

　　红隼虽然受伤，但不驯的性情却没有丝毫改变。老洪将它关进笼中，它似囚犯极力撞击。为了避免再次受伤，老洪只好将它放在铁笼上面，然而它对人类充满敌意，只要人一靠近，它就抬起利爪，做出攻击的样子。无论把牛肉还是鸡肉放在面前，它连看都不看。老洪从接触野生禽类的实践中得到启发，要接近它，就得先与它交流交流感情。他的做法虽然看似天方夜谭，却有其理隐在其中，这就是"人与鸟聊天"。老洪坐在离红隼一尺的距离之外，不停地与其交谈，给它讲鸟的故事，还给它背唐宋诗词，讲他爱鸟所做的事。当然，给它讲什么也许它都听不懂，只是为了让红隼熟悉洪鸟语的声音罢了。一天、两天，老洪的努力有所见效。第二天的傍晚，红隼对老洪的敌意明显减弱，再给它递上牛肉丝，竟然狼吞虎咽地吃起来了。

驯鹰人驯服鹰的传统办法是对其残酷地饿与熬。所谓"熬"就是让鹰精神崩溃，驯鹰时采取多人轮班休息，却不让鹰休息，使鹰精神全无。但老洪反其道而行之，他认为野生动物也有感情，谁对它好，它心里一清二楚。前几年他曾经救治过一只小型的老鹰，由于饲养时间较长，与老洪还产生了很深的感情，只要一听到鸟语的叫声，就立即欢快地跳啊、叫啊。而一位老洪的常客同事喜欢搞恶作剧，有时将塑料杯扣在它的头上，有时牵扯它的羽毛，小老鹰只要一见他便会发出愤怒的叫声。虽然红隼也比较凶猛，但老洪相信它们的感情是一样的。第二天，老洪开始试着抚摸身体，帮它梳理羽毛。红隼和许多野生动物一样，最怕受到来自身后的攻击，因而，每当老洪的手伸向红隼的后面，它都会猛地回过头来，极快地伸出它的利爪。经过几十次的试探，它终于相信主人不会伤害它，接受了主人的爱抚，这就为红隼治伤敷药创造了条件。

十多天过去了，红隼的伤口已经结痂，屋子里已经有很大的局限性，红隼每天站在窗台上，隔着防盗网静静地眺望着辽阔的天空和远处的山林，该回家了。

那天接近中午，老洪和几位鸟类爱好者，将它带到山上林子边，看到蓝天和绿林，红隼显得躁动不安。虽然十多天的相处，使老洪对它有了丝丝绵绵的感情，但老洪知道，它不属于人类，蓝天、山林才是它的家。在朋友们美好的祝愿声中，老洪将抱着红隼的手松开，响起几下翅膀有力拍打空气的声音，伤愈的红隼冲天而起。看着它能够重返蓝天，老洪的心情十分矛盾。然而，令所有在场的人都不曾预料的事情发生了。红隼竟然在空中绕了一圈后突然双翅并拢，直冲而下，落到洪鸟语的肩上。瞬间，他的眼眶湿润了，谁说鹰是无情物，其实它也有着人类尚不了解的情感呢。

老洪无比欣慰地看着红隼在天空中乘着上升的气流盘旋，盘旋……最终似箭一般直冲高空，飞向远处的山林。

蟋蟀的往事

　　生长在农村的孩子，对家乡的一草一木和虫子都别有一番感情，我忘不了蟋蟀给我童年的乐趣和隐痛。

　　秋天是闽南农村的丰收季节，天高气爽，蟋蟀也怀着兴高采烈的心情与人同乐，农田间、草丛里随处可见。有时你的脚踩在稻草上，蟋蟀们就扑通乱飞，仿佛被抄了家似的四处逃窜。到了夜晚，满天的星星绕着月亮婆婆在头顶上空闪烁，整个村落都沉浸在月色里，就像一片静谧的湖水。草野间，时不时传来几声蟋蟀的鸣叫。

　　白露节气一过，秋虫的欢叫声更加响亮，就像即兴大合唱，这一切又鼓舞了孩子们捉蟋蟀的信心。一天吃过午饭，我带上蟋蟀网和小瓶子向野地走去，伙伴们比我都先到了一步。田野里到处有蟋蟀的叫声，但当你走近它们又立刻停止了歌唱，让你要找下手的目标还有点难哟。

　　然而，我早已掌握了虫朋友一个弱点，那就是中午时分是青年蟋蟀谈情说爱的特定时刻。它们谈恋爱时会放松警觉，甚至有人翻动野草时，它们仍然不管不顾，还在"唧令，唧令"低吟着，没有一点警惕性。如果有人将草翻开，蟋蟀见到阳光才会四散逃窜，有时一只也逮不着。后来我发现同居的蟋蟀都构筑了各种临时爱巢，一般设在草根旁或碎瓦片下面，它们就躲在这些隐蔽的物体下，高兴时还会欢快地放声大叫几声，接着继续"即令"。

我将蟋蟀网先扣在它们出入的小洞口，再用一支小树梗从旁边插入，受到惊吓的痴迷蟋蟀急忙从洞口逃出来，正好请君入瓮吧，终于获得了几只很棒的蟋蟀。小胖、小丁、陈昔等玩伴，也各自吹嘘捉到了最棒的蟋蟀。我和陈昔相差一岁，家住连墙的邻居，从入学都坐同桌，虽不是兄弟胜似兄弟。学习上互相帮助，生活上互相关照。高小到外地中心校就读，同学和老师都以为我俩是双胞胎兄弟呢。

大家抓到蟋蟀后便开始斗蟋蟀，常常各自挑出最满意的"勇士"，我从家里找出一个竹制箩筐，摆在门口大埕。小胖和小丁抢先投放进去。小胖那只一下场，伸展了一下腿，又挥动一下大钳，拍了拍翅膀，发出了"嘀、嘀"的声音，表示向对手宣战了。小丁那只个头小点，明显不是小胖的对手。实战不到一回合，小丁的蟋蟀就狼狈败下阵来。

待两小只退场，陈昔迫不及待放进他的名叫母舰的母蟋蟀，我投放的是一只雄性蟋蟀叫炸舰，它自个悠闲漫步，好像不把母舰放在眼里。我用狗尾草赶它到对手前面，两只蟋蟀就像两位身经百战的将军一样，头一昂，立即相互咬了起来。它们两只钳子纠缠在一起，一边咬一边翻着跟头，打得不可开交。最后一个回合，我碰了碰炸舰的胡须，喊着："炸舰，加油！"只见它突然站直身子张开翅膀，猛地冲到母舰后面，狠狠推了一把。母舰被推后吓一跳，连滚带爬，很快招架不住败下阵来。炸舰获得冠军。陈昔不服气，喊道："不公平，你不可以用触胡须的暗示动作。"我坚持这没有特异功能，还是母舰的体力不佳。陈昔气呼呼地跑了回家，从此以后，我们俩变成了冤家，不讲话，不来往，井水不犯河水。后来，我几次要向陈昔道歉，他都有意回避。初中后我们就不在同一所学校了。

童年往事，像天上星星，海边贝壳，溪畔的野草花，好笑，可爱，美好。似水流年，我们因斗蟋蟀引发的矛盾一直到走上社会才化解，发小发小，最亲的故乡人，让我这辈子难忘。

桃园飞鹊鸲

那几年，老家村里的赵开发最勤劳，在后门山开垦荒山种水蜜桃。"桃三李四"，三年后桃树成林，他以果园小木屋为家。满山葱茏如画，晴好的日子，成群的鸟儿经常光顾，在桃园中捉虫嬉戏，陪伴老赵度过一天又一天。开始，老赵的目光只注视桃树上开花、结果、成熟，那么大，那么红，令全村人垂涎；他却从未留心过这些鸟儿，听到它们的鸣叫，也习以为常。

一天凌晨，睡梦中的老赵突然被鸟儿清脆的叫声吵醒，虽然美梦被打断，他却不恼，反而认真地聆听起这美妙的音乐。"呲呀——呲呀——"静听了一会儿，慢慢坐在床头摸出烟斗想抽烟。"啪"的一声吓了他一跳，他蹑手蹑脚，倚着窗户往外一瞧——哟！一只淘气的鹊鸲撞到了玻璃上！掉落在窗台上。原来是它的脚受伤了，老赵小心翼翼地将它捧到屋子里，拿云南白药给它涂抹伤口，还找来一个塑料筐，里面垫上细小干草，建个临时鸟窝。天亮了，他还到野外的草地寻金龟子、蟋蟀等昆虫。

十多天后，鹊鸲的伤好了。鹊鸲与老赵相处的日子得到关爱，日久生情，倍感温暖和快乐。老赵深知鹊鸲不愿再被囚禁，把塑料筐端到果园里，打开门，它高兴地晃晃脑袋，哧溜一声穿过树枝，飞向天空。

第二天早晨，老赵早早起床，趴在窗台注视窗外的动静，来了，来了，鹊鸲和它的朋友飞来了，好像在向老赵打招呼，示意早上好！他开心地大笑起来。

小鸟们忙忙碌碌为果树巡逻，捕捉害虫，什么步行虫、蝼蛄、浮尘子等等统统不在话下，为桃林立下累累战功。老赵头家每年的桃子品质上乘，没药残，没化肥，又甜又香，还没下树就被商家抢购一空。

自从来了那群鹊鸲后，赵开发发现一个奇怪的现象：别人家的果园从春天就开始喷农药治虫，若不洒农药，果树上就爬满大青虫。有一天，他路过周汉的柑橘园，老周背着喷雾机在树下忙活。老赵问："喷啥呢？"

"治虫啦。"

"一直打农药，柑橘还能吃吗？"

"咋不能吃呢，过了药效期，下几场雨洗洗就好了。"

周汉好奇地反问："难道你们家的桃树不打农药？"

"不打，没见虫子影子呢，几年来我都没买过农药。"

滴水之恩当涌泉相报，鹊鸲给桃园驱除害虫，如何报恩成了老赵心头一大疙瘩。有一年，连着下几天大雨，果园的桃子采光了，鸟儿也不来了。老赵倒是担心起来，总记挂着鹊鸲们的食物咋解决。天气放晴，他在桃树下锄草，看见鹊鸲又飞到他头顶上来了，忍不住一阵欣喜。只见它们抖了抖身子，让羽毛变得蓬松，静静地立在高枝上，先是俯下头朝地上偷看一眼，再偏过眼瞧瞧老赵，见老头不给喂食。鹊鸲竟然边鸣叫边跳跃，好似在撒娇："我饿了，快点给我吃的吧！"

赵开发读懂鹊鸲的示意，赶快进屋舀了一碗玉米碎，树上的鹊鸲一见到吃的，连忙一声招呼，小家伙们从四面八方汇聚，围成一堆大快朵颐。

老赵冬季挖掉了一些老龄桃树，补植了迟熟品种，还在空地散种不同产出时间的柑橘、玉米、高粱等专为鸟儿提供食料。五六月，桃树上结满了又红又大的桃子，像小灯笼似的挂在枝头，把树枝都压弯了。每年采摘桃子时，一咬一口蜜，他每棵桃树留下七八粒最大最好的桃子不采摘，让鹊鸲们也来分享这美味的果实，如此这般，老赵头心满意足了。

有一次，老赵头站在小屋前，一群鹊鸲栖息在屋顶或树上昂首翘尾鸣叫，声音婉转多变，"呲呀——呲呀——"它在清脆地告诉主人："谢谢您老人家想得周到，事事为我们着想，伙伴们生活得很幸福！"有的边鸣叫边跳跃，吃饱了还展翅翘尾，将尾巴往上翘，尾梢几乎与头相接，就像小孩子在撒娇。

小狗的告白

　　我是一只小狗，有一个温馨的家，姐姐爱我。每天傍晚，外婆陪我去散步。走出家门外面世界好大好大，会遇险恶，也有乐趣。我真希望融入世界，也能构建一个自然和谐的"大家庭"，过上幸福美满的生活！

　　那天我和外婆下了楼，只听得"哐"的一声响——大门关上了。我像听见发令枪一般，拽住外婆，一个劲地向前冲，这是我出门散步前的热身。若是狗哥哥带我，此时便会和我一块儿冲，可外婆已经年逾古稀，自然是跑不动了，上回还因为我跌了一跤呢！妈妈呢，为了让我照顾外婆的速度，也会死死地拖住我，尽管外婆在后边拼命地喊"慢一点！慢一点！"我还是自顾自地冲啊冲！

　　忽然，一股烤肉香不紧不慢地飘了过来，这可是久违了的美味。我倏地停下，四脚抓地，贪婪地翕动起鼻翼。平时在家里，外婆都不让我看肉的，那些谋利的美容宠物医生说我的牙结石就是吃肉吃出来的，以致我已三个月"不闻肉的味"。我迫不及待地回过头，看见垃圾桶旁有两根粗大的猪骨头像卫兵一样端立两旁，骨头上面还有两节香喷喷的香肠。怪不得这么沁

"犬"心脾啊。

我三步并作两步跑上前，情不自禁地嗅了起来。外婆见状，先是大惑不解，马上又回过神来，虽然她是唯一疼爱我赞成我吃肉的，此时却本能地将我拉开。按常理，嘴馋的我应该是死活不肯挪动半步的。可当时我也并不感到怎样的留恋，也许我并不是很饿吧。

过了两天，几位老大妈在小区的围栏边唠叨，我才知道，小区里有些同胞神秘死亡了。我大惊，焦躁不安地在围栏里兜起圈子。有一位大妈分析，那两根浸泡了药水的大骨和美味的香肠正是毒药，我这才幡然醒悟，幸运地躲开了近在咫尺的死神！

天放晴了。我翻起白白的肚皮躺平在阳台上晒太阳，眯着眼看着窗外美好的景物，邻居一位二年级的小女生高声地背诵《三字经》，我不禁心生疑惑：我是一条中国的狗，咱中国的《三字经》开头不就是"人之初，性本善"吗？可为啥那些人会出如此的毒招呢？恨我们呗！那又为啥恨我们呢？有人说我们乱叫，影响了他们的休息。可我是从来不乱叫的呀！也有人说我们随地大小便，他们没走几步就会踩到狗粪。可是不论早晚，主人不论老中青，我都亲眼看着主人会带几张旧报纸或塑料袋，将大便装进去扔进垃圾桶。我的外婆更是高人一筹，将我的大便装起扔进了垃圾箱后，还清理一下粪迹，恢复原样呢。噢，我恍然大悟：大部分主人都做得很好，但前些年的确有个别人不是这样呀，这才招来了杀身之祸，这叫殃及犬族啊！

外公爱看报，让我想起了前些日子外公读的一则新闻：说的就是我们小区志愿者协会讨论"爱狗"和"恨狗"，两伙人吵得很厉害呢，"恨狗"那伙人大叫要彻底消灭我们。那有毒的骨头和香肠毫无疑问是他们放置的。多么可恶啊！"爱狗"人那伙却坚决反对，难道是狗狗的错吗，主人素养的缺陷咋就不说呢。在构建人类和谐大家庭时，一味地猎杀这、封杀那，还能建成人与自然和谐的社会吗？在加快精神文明建设中，要放得开，管得住，一面要对宠物主人群加强教育和培训，另一面也要加强对宠物族的有序管理。

　　春天是百花齐放的季节，那姹紫嫣红的花儿总是笑得比太阳还灿烂。我们的家园建设得更加美丽，更可喜的变化如今，人人都以身作则，多为他人着想，与已方便也与人方便。我坚信异化的人性自然而然地会回归其善良的本性了。自由自在地生活在我们的大家庭里，吃得安全，玩得开心，日子过得比蜜甜，幸福满满。

小 灵 猫

亚热带雨林附近的高山上有一座小村落，村里有一张氏，父亲患病早逝，母亲年老多病丧失了劳动能力，兄弟两人靠种地为生。大兄张杰勤劳善良，为人正直。小弟张本已有 20 多岁，却好吃懒做，游手好闲，一个心思想赚软钱。家里农活全靠张杰操持，全家一年到头入不敷出，日子过得紧巴巴。

农闲时节的一天，张杰到雨林里拾柴草，从林中返回的小路上，看到路边的灌木林下有一只小灵猫，当地习惯叫它"麝香猫"或"香狸"。它的脖子上的伤口还在淌着鲜血，张杰十分心痛，急忙脱下外衣，包裹着小灵猫抱回家。

回家后，张杰立马医治小灵猫，泡盐水擦洗伤口消毒，用茶籽油涂伤口。又捉些田鼠、青蛙等，拔植物的根和茎叶回家熬粥，找些果子作为食物。张杰小弟一见到小灵猫，两眼放光，对大哥费心救它十分不解，抱怨劝说："山上的野香狸味道鲜美，晚上杀了煮一锅，再好不过的下酒菜呢，何苦花那么大的工夫去饲养它！"小弟一边说一边磨刀就准备宰杀小灵猫了。

张杰第一次跟弟弟较真，生气地说："你敢杀，我就跟你没完。"

慈祥的母亲听到兄弟吵嘴忙跑出来，指着张本骂道："难道饿死你了，一只香狸你也想吃，那是一只活生生的命啊！你难道没听说山上的动物杀不得吗？"

经过张杰一个多月日日夜夜的精心照顾，小灵猫的伤痊愈了，张杰把它带上山放回雨林里，以免小弟日思夜想动歪脑子。

过了几年，张本越活越不像话，田里农活一概不管，每年收成季节，他还偷了粮食出售，三餐吃喝依赖大哥，母亲治病的一点药费也被张本花光。为了不拖累张杰，母亲给两兄弟分了家，各自过自己的日子，老母憋住一口闷气离开了人世。

有一年，家乡遭遇特大旱灾，庄稼颗粒无收，张杰上山采野菜充饥，幸遇被他救过的小灵猫，长得油光闪亮，胖壮结实，小灵猫在张杰面前撑起后脚站直腰，点点头，说："今天你不必去采野菜了，用你身上的竹节水壶装我身上的狸猫香去换钱吧。"说着，小灵猫抬起后脚，张杰顺势将它的尾巴向上提起，捉住后肢，用竹片轻轻地辅助刮取香料，动作轻巧柔和，像给香狸挠痒。

狸猫香属四大香精之一，也是高级香精的定精剂，市场奇缺。张杰按香狸的指引到城里一家高级香精厂出售，换回了一大笔钱，他一夜致富。

张本看到大哥迅速致富，急急问大哥致富的秘诀，老实巴交的张杰毫无保留地向小弟透露。小弟第二天背着大哥到雨林中寻找香狸，小灵猫早已在那里等候，说："张本兄弟，今天是啥大风给你刮到深山里来了。"

"宝贝，今天小弟特来向你道歉，过去对你关照有不周到的地方，请你原谅，大人不计小人之过嘛。"张本不好意思地说。

"哈哈，张本兄弟，今天来不会只是道歉吧，没有什么要求吗？"小灵猫风趣地问。

"噢，希望能赐给我狸猫香。"张本说。

"可以，可以，你就拿走好了。"小灵猫说着从肛门两侧的臭腺中"噗噗噗"放出恶臭的液体屁，让张本不堪忍受，捂着鼻子赶快下山。

小灵猫对好人报以芳香，对坏人处以恶臭。

乌拉拉

小晔乡下小弟家里养了一只大黑狗，它叫乌拉拉。

据说乌拉拉是德国狼犬和本地土狗杂交生下的混血儿。它"崇洋媚外"，长得"狗"高马大，吠如洪钟，通身乌黑，不仅黑还力大无比，套上绳子可以拉着板车走呢，小弟就顺口叫它"乌拉拉"并成了它的大名。

乌拉拉皮毛乌亮如丝，唯独两眼上部长出两撮小白毛，乍看，像"四眼狗"，好丑哦。

那年春节，小晔带着家眷回乡下，刚到家门口，还没有来得及叩门，透过两片厚厚的门板那条缝，只见乌拉拉从院子扑来，"汪汪"狂吠，凶相毕露。小晔望而生畏，紧退几步。

小晔从没养过狗，甚至责怪弟弟为啥要养一条这么丑而凶的狗呢！小弟满脸歉疚，说："在农村家里有狗好处多着呢。"转而呵斥乌拉拉，"不许叫，是自家人！"它顿时寂然无声，卖劲地摇摆着尾巴，很知趣地来个补偿。

见过一面之后，小晔出门回来，刚叩门板，便见乌拉拉冲到门口从大门边的狗洞爬出来摇着长长的尾巴，不再冲小晔叫，而是转身跑进去叫小弟来开门。原来，乌拉拉除了看门，还肩负着"叫门"的重任。有人敲门，它闻声而起，提醒弟弟的家人开门。

其实，乌拉拉没有受过任何专业训练，大概也是狗的天性使然罢。

与乌拉拉同居于一个屋檐下的还有小花狗家族，小花狗的主人是小晔的二叔。乌拉拉虽然膘肥体壮，但对小花狗来说，它还是个"后生"。据小弟说小花狗已经生育了好几代，凭这一点它也就可以倚老卖老了，常常率其子女合起伙来欺侮孤单的乌拉拉。势单力薄的乌拉拉也只好认命，到嘴边的食物常常被小花狗家族一抢而空，大家看着乌拉拉垂头丧气，说它有点傻大个儿。

后来的一件事情，改变了乌拉拉的命运，但也由此遭到灭顶之灾。那天晚餐，为了犒劳乌拉拉陪小晔上山挖冬笋劳累了半天时光，小晔给它一块带肉的骨头。乌拉拉还没有来得及啃食，却见花狗招摇过去，宛如黑社会老大，二话没说，叼走了乌拉拉那块肉骨头，乌拉拉先是一愣，随后滴着口水，眼睁睁地看着花狗啃食自己的美餐。就在小晔要给乌拉拉第二块骨头时，只见它出其不意，猛地朝小花狗扑过去，花狗自然不能容忍乌拉拉的"犯上"，发出低沉的吼声，想吓走乌拉拉，乌拉拉则毫不相让，奋起抗争，要夺回自己的食物。花狗毕竟个小力弱，敌不过乌拉拉，最后只好落荒而逃。孰料，乌拉拉放下已夺得的骨头，穷追猛咬，仿佛要将多年的屈辱一下清算了，大有置花狗于死地而后快之势。花狗吓得四处躲藏，屎尿失禁。从此，乌拉拉改变了自己的地位，它抗争成功了。

然而，乌拉拉能战胜它的同类，却无法掌握自己的命运。

小花狗的主人对乌拉拉恨之入骨，后来，偷偷地开车把乌拉拉送至百里之外的内山农村，送给了一位独居的远房亲戚。据说，乌拉拉刚到内山时寝食不安，一段时间以后才慢慢稳定下来，还能每天陪伴在老妇身边，她下田劳作，乌拉拉便在野地里寻找食物。后来，乌拉拉还生下了几只"小团"，老妇无法留养，将小狗卖掉。再后来，乌拉拉也老了，有一天，老妇下地给地瓜培土，乌拉拉紧跟着老妇到了地里，两只硕大的野猪正在地瓜园里啃食地瓜。乌拉拉眼里容不下有人损害主人的地瓜，心中燃起一团火，毫不犹豫地冲向野猪，凶猛的野猪挥起两只大叉，穿透乌拉拉的肚皮，再用力一甩，将它抛出一米多远……

老妇抱着断气的乌拉拉，撕心裂肺，泪流满脸。待她静下心，无力地举起银锄，在一棵大松树下挖个深坑，将老乌拉拉埋葬了，愿它与地球同在。

再见了，乌拉拉，今生今世，我们的情缘便至此而终。

邂逅蜘蛛丝

凌晨，我和几位泳伴借助迷蒙的路灯，从小区步行到珍珠湾海边游泳。

我沿着曾厝垵西路经过西边社公交站，走进附近一片小树林，突然一个残破蜘蛛网的断丝扑面而来，我忙用手把粘在脸上的残丝甩掉。这时小谭也叫道："有垂丝碰到我脸上啦。"我仔细一看，原来是倒挂在行道树上垂落下来的，一条又一条青绿色圆滚滚的小毛虫，吐出银白色细丝，像打秋千般随风晃荡……

蜘蛛网，蜘蛛丝。农村的孩子再熟悉不过了。童年时，雄鸡打鸣，繁忙的一天开始了。人们迎着朝阳行进在乡间的小路上，林茂草旺，独自一人或是数人行走，走在最前面的孩子，手持一支带叶的树杈或小竹竿，左右开弓，将蜘蛛布下的捕猎网扫得一干二净，清洁前进的乡间小路。

蜘蛛虽然长得丑，却是庄稼的好朋友，消灭农作物害虫它还是高手，也是我童年的玩伴哩。为了捕捉更多的昆虫玩玩，我绞尽脑汁，动手制作简单实用的捕猎工具，请蜘蛛帮忙，找来一支小竹竿，把一端劈成张开的剪刀样，并在张开的口子上撑一根小木棍。网架做好后,再用蜘蛛网丝绕上几圈,就制成简易网兜,粘上坚实的蜘蛛丝,可以捕捉蝴蝶和天牛,更可以消灭凶猛的农作物害虫。当年年幼不懂事,可怜的蜘蛛费心织成的捕猎网被我毁于无知,后来知道蜘蛛织网是专捕农作物害虫的,我痛改前非再也不做伤害蜘蛛的蠢事了。

其实在民俗里,蜘蛛和蝙蝠一样,是有"福"的象征。古书里说,一位老婆婆清晨开门,檐下蛛网的红蜘蛛乐颠颠爬来爬去,似有喜事临门;不久,远行中举的儿子回家团圆,邻里皆来庆贺,皆大欢喜。圣人说,见到蜘蛛一丝垂挂,迎风荡漾,是"福从天降"。

福从天降,生态生态,有生则泰。改革开放,工业打了翻身仗,农业生产上除草剂、除虫剂、快速见效的防治病虫药剂铺天盖地,剧毒农药毒杀了病虫害的同时,有益昆虫也成了陪葬品。大量的有益昆虫生存环境不尽人意,有的被灭,有的迁徙,有的逃离,蜘蛛也未能逃脱厄运,"草民"的日子不好过……

突然遭遇蜘蛛网扑脸,心中隐隐不爽,但转念一想,欣喜油然而生,蜘蛛回来了,昆虫回来了,大千世界,万物有灵。在实施构建人与自然和谐相处的宏伟蓝图中,人类既利用自然,又尊重自然,与自然和谐相处。大家一起动手,栽草种树,推广生物农药和生物防治,减少碳排放,有了舒适的人居环境,绿水青山就是金山银山。保护众生,美化环境,我们的生活会更加美好。

战狼大黄

　　一个北风呼啸，乌云翻滚的秋日，半山腰的高山村一片沉寂，大黄的主人唐章法在林子里默默地收拾大黄的遗体。洗净了血迹，梳理黄褐色的毛发，将前两脚半曲着，后两脚拉直，摆出战狼跳跃的姿势，保持它那特有的雄姿，才装进一个自己加工的薄板木盒里，然后将它埋在屋后山上一棵老青松树下，让大黄能望得见自家的房子，永远和家人生活在一起，不孤单。一块硬木板的墓碑上写着"战狼大黄之墓"六个大字，字不漂亮，却刚劲有力！

　　地处林区的高山村，重峦叠嶂，林木茂密，野兽经常光临农舍，村民户养的畜禽很难逃过野兽的魔掌，家家户户豢养看家狗力求减少损失。唐章法家的老狗死了，他下圩赶集要买一条小狗仔。他刚走出村口，路边的草丛里一只黄狗呻吟着，两只疲惫的眼睛，无力地看着唐章法，眼角湿漉漉的，像是在流泪。后腿上明显有伤口，身下流着一摊鲜血，黄狗看了看章法，见他没反应，又无助地左右看看，好像在哀求。唐章法走近仔细一看，狗的后腿像是被野兽咬断了，还破了一大块皮。唐章法二话没说背起大黄狗返回家，先治它的伤。

唐章法到家后把狗放一块木板上，招呼曾是村助产妇的老婆帮忙。她端着消毒的医用酒精，用镊子夹住棉球，蘸了些医用酒精，在狗的伤口上来回洗了洗，洗完伤口，还找来纱布和胶带，把狗断腿上的伤口包扎得严严实实，并夹上竹片。大黄狗一动不动，仿佛知道有人在救助它，它也很勇敢，没有发出一点声音，默默地配合着。老婆又说："伤口是包扎好了，还得输消炎药水，让伤口更快地愈合。"唐章法又赶到村合作医疗站买来一瓶打点滴的药水，再打了一剂注射药水。

一个月过去了，唐章法一直不停地了解本村和近村有谁丢失黄狗，最终还是杳无音信，他给黄狗起名"大黄"。大黄融入了唐家的生活，成了家庭一员。它身体恢复后承担了全家卫士职责，一直扮演着忠诚和正义的一面，无所畏惧，十分勇猛。在关键时刻，大黄会跳进河中救主人，每当野兽袭击鸡鸭舍，大黄从来没有缺席，再凶猛的野兽也惧怕它三分，战斗起来从不退却。自古以来，狗是人类忠实的朋友，俗语说："狗不嫌家贫，子不嫌母丑，"说的就是狗跟人一样，有着通人性的一面。

唐章法的老婆养了七八只狮头鹅准备过年，卖了给孩子们买新衣和自用。一天夜里，三只饿狼闻到鹅的味道，来到鹅舍门口，大黄灵敏的鼻子有了预警，钻出门边的狗洞，突然蹿了出来，对着正在撞门的那只大狼的后腿就是一口，血立刻就流了出来。另两只狼左右夹击扑向大黄，"老虎架不住群狼"，孤单的大黄三面受敌。它急中生智一跃跳出包围圈，乘势抬起后脚狠狠踢向左右两只个体小点的野狼，张开血口露出两颗锐利的角牙，使出吃奶劲再咬恶狼一口。大狼痛得就地打滚，汪汪嚎叫，跳起三尺高又扑向大黄，咬住大黄的后腿死死不放，两只小狼也一起扑向大黄，又抓又咬，大黄处境极其危险。这时，唐章法手持火药枪冲过来，三只饿狼听见枪声后丢下大黄，狼狈逃窜。大黄带着伤痛勇猛地迅速追赶，当离小狼几步远时，它向前一跳，咬住了小狼的后腿，拖住不放。大狼见小狼被大黄咬住，来个三步跳扑倒大黄，当唐章法赶到时，大黄已伤痕累累。

大黄走了，可"战狼大黄"的勇敢精神永远留在人们的心中。

蝉　猴

　　闽南农村，蝉的若虫叫蝉猴。它们是"潜伏"专家，能蛰伏地下生活少则三四年，长的甚至达 17 年之久。蝉猴纳天地之灵气后，仲夏才缓缓爬出地面，像猴子一样攀到树上脱下外衣，蜕变成蝉，高歌鸣叫，雌雄交欢产卵，几个月后悄然离世。

　　我的老家在草茂林密的山区。孩童时，每到夏日傍晚，玩伴们手提小灯笼，走出家门，三三两两来到夜幕下的树林，对着每棵树仔细搜寻蝉猴。

　　我却扛把短柄小锄头，到树头旁湿地去刨，刨着刨着，没多久就会出现一个拇指大的圆洞口，用铁丝钩一掏，淡红色的蝉猴就露出头来，乖乖成为我的囊中之物。

　　看来它进囊时挺不情愿的，滚来滚去，好像有一肚子委屈，似乎在说："你算老几，我可是在地宫磨炼四五年之久的猴精呢，一生多变，我能在地宫生活好几年呢，你有这本事吗？"

　　我当然不能，那时家庭经济拮据，生活艰苦。捉回来的蝉猴洗去泥沙，撒上细盐半小时后，热锅放入茶油（当时我们都吃自榨的茶油），蝉猴沾上木薯粉下油锅，炸至金黄色时出锅。炸好的蝉猴外脆里香，胜过炸牛排，百吃不腻。

如果捉的蝉猴多，村里常有小贩来收购，八分钱一只。有时一个周末我就可以捉上百来只，收入可观，且归自己分配，可以买小人书，也可以买些自己喜欢的零食。

蝉猴不但味道鲜美，还有极高的药用价值。有一年夏天，我的肩膀上长了疮，红肿瘙痒，疼痛难忍，去医院看过大夫，涂了几天药膏也不见好。在大队当赤脚医生的弟弟打来电话，告诉我一个偏方，到中药铺买蝉猴研磨成粉，用葱汁调均，一日两次涂于患处。果不然，一个星期后，此疮竟然消失得无影无踪了。

20世纪70年代末，我从乡下调到县直机关工作，同事小林患风热感冒，咽喉红肿，声音嘶哑。我到中药店给他买蝉脱，每次6克煎水喝，三四天咽喉肿痛消失，感冒好了。小林无比感激："吃蝉脱比服西药还顶用呀，长知识了。"

我曾有一段时间在园林植物园工作，每年夏季有幸聆听蝉儿音乐会，洋洋大观的大合唱，意趣盎然。蝉天生好嗓子，最早登台的歌唱演员是螳蛄蝉，全身黑褐色，鸣声尖而长，连续不断。这个家族中个头最大的蚱蝉又叫金蝉、知了，漆黑发亮，鸣声粗犷高亢洪亮，虽然像是男高音，声音却有点儿刺耳。每到中午时分，群蝉齐鸣，颇有扰人休息之嫌，它自个却不觉得——对于耳聋的歌唱家，它根本欣赏不了自己的唱技。

还有，个性孤僻的鸣鸣蝉，在我老家山区最常见，叫声总是"鸣鸣鸣……哇"的，凄凄惨惨。直至夏至才登台歌唱的伏了蝉，"伏了、伏了"地连声不停，伏天刚到，它便迫不及待地告诉人们"伏了"。它的善意在提前告诉人们伏天就要结束了，请做好气候变凉的准备。还有美丽的寒蝉，头胸淡绿色，因它在深秋时节叫得欢，故称秋蝉，它们入秋才开始歌唱，算是这场"蝉声系列音乐会"的压轴曲了。

物宝天华，众皆我师。唐诗人虞世南的五言绝句《蝉》："垂绥饮清露，流响出疏桐。居高声自远，非是藉秋风"，赞颂了蝉的清高风雅和不同凡响的品德，时时在我耳边回响。

穿 山 甲

　　小穿山甲来到世上有 20 个日夜了，它撒娇地爬到妈妈坚实的背上，恳求道："妈妈，您带我出去玩玩好吗？"

　　巧巧的家住在亚热带雨林潮湿的地宫里。雨林里植物茂盛，种类繁多。松鼠在树枝间跳舞，小鸟在树上歌唱，这片大森林真像一个大家庭，植物、动物、微生物和睦相处，互生共长。穿山甲昼伏夜出，不间断地捕食白蚁，保护大片树木的安全。巧巧生下小宝贝后，闭门不出有好些日子了，也该带小宝宝熟悉一下周边的环境，经风雨见世面，教会他猎食技巧，学会独立生活。

　　小宝贝调皮地趴在妈妈背上，无忧无虑地只顾玩。一会儿爬后，一会儿爬前，一会翻跟斗，一会儿练倒立，习惯伏于妈妈背上的尾部，饿了妈妈教他伸出长长的舌头卷起白蚁大快朵颐地舔食起来，那蚁酱的滋味让它难以忘怀。

　　突然，一个好逸恶劳的二流子偷偷摸摸地闯入林子，当他瞧见一大一小两只穿山甲时，眼睛发红，心里激动，忍不住大叫起来："好运来，逮住它可发财。"巧巧被惊醒，抬起头，撒腿急跑。小穿山甲被突如其来的险情吓懵了，从妈妈背上滚下来，圆滚滚地滚下悬崖。

巡山员姚大伯发现一只受伤的小穿山甲一动也不动，他走近抱起一摸，还有体温。小穿山甲的鳞片已经开始逐渐角化了，兴许是刚被妈妈带出来觅食呢。姚大伯将小穿山甲揣进怀里抱回家，给它保暖、喂奶，还清洗了伤口、上药包扎，给小穿山甲起了个名叫"凯凯"。

姚大伯照顾凯凯可上心啦，上山找白蚁、蚂蚁喂它。20多天后，凯凯完全恢复了健康，无时无刻想找到自己的妈妈。小凯凯舒服地躺在篓子里，姚伯背着竹篓天天到雨林里等候巧巧的出现。功夫不负有心人，终于盼来了凯凯妈。姚大伯打开竹篓，凯凯激动地跳出竹篓，活蹦乱跳地扑到妈妈的怀里，巧巧好像生怕它再离开，紧紧地抱住不放，凯凯伸出长长的嘴亲吻妈妈。大伯瞧那一对母子欢聚热泪滚滚往下滴，哽咽地说："宝贝，去吧！好好听妈妈的话。"离开姚大伯时，它们依依不舍，一步三回头。

五年过去了，姚大伯已退休，不再到林子里巡山了。他家位于天仑山下，一座土木结构的旧厝是祖宗留下的。有一天半夜，姚大伯在睡梦中隐隐约约听到屋子里有动静，他迅速从床上爬起来，拉亮电灯，仔细检查了房间四周，声音是从靠大厅的一根大柱子发出，原来地面被钻了一个大大的洞，一条扁平而长的大尾巴伸出洞外。大伯暗喜：穿山甲来家里为他捕白蚁呢。他无声无息地一步一步移过去，伸出手拉住那条尾巴，慢慢将它拖出洞口，抱起蜷缩成一个大圆球的穿山甲一看，正是被他救过的凯凯。大伯可乐坏了，说："我的宝贝凯凯，你来得真及时哦！"

原来，大伯当时从灌木丛抱回家的初生穿山甲，它的左耳被硬刺割裂了，后来虽然愈合，留下的痕迹很明显。

姚伯十分庆幸，当他还不知道房屋遭白蚁危害时，凯凯却未卜先知，赶来替姚伯铲除白蚁，保护房子的安全。他逢人便说："动物也知恩图报呢！"

那头水牛母

我 12 岁牵的那头水牛母，是我一生难忘的记忆。

老家悬崖村地处高山之巅，名副其实，地形十分险要，土瓦房分散在山腰间，一丘丘梯田从山脚下像叠魔方似的，环绕着叠上山顶，"一顶斗笠盖三丘"是当地流传的俗语。村庄四周悬崖峭壁，不通公路，唯有一条羊肠小道弯弯曲曲通往集镇。

那年，我家老黄牛被卖掉了，换回一头小水牛母。我的童年，有很长一段时间和它相伴。它能生小牛，养大了既可卖钱，也可以留作役畜。我常常牵着它，田边地角，哪里的草嫩就到哪里放牧。如去较远的地方，我随身背个竹箩筐，带上镰刀，牛儿低头吃草的时候，我就弓着腰到处割青草，回家好好招待牛儿。我的牛总是膘肥体壮，皮毛乌光发亮。两年后，母牛生下一头小牛犊，它毛色乌黑的，一对大眼睛亮闪闪的看着这个世界；看上去既神气又懵懂，非常可爱。为了母牛有足够的奶水，父亲专门熬红糖糯米粥当夜间点心，有时还到河里捉鱼煮咸粥，喂母牛以增进奶水，尽心尽力。我称赞他"比关心孩子还认真"。他说："牛儿吃进是草，挤出来是奶，一生任劳任怨，这些都是人所不及的。"小家伙有时好奇地挤在槽边，伸出舌头舔舔槽里的食物，我伸手去摸它，它伸出舌头来舔舔我的小手，湿湿的，温温的。我伸手去摸它总是湿润的鼻子，那副很享受的样子也让我高兴，它还不时用头来蹭蹭我的手。这头小水牛幸福地和妈妈生活了近两年。

春耕近尾声，那天早上，父亲肩扛耙具，牵着水牛赶到最后一片梯田。老天翻脸了，连续几天大雨，下午又刮起狂风暴雨。今天的水牛不太听话，父亲还是心平气和吆喝着，不舍得抽它一鞭，冒着雨丝等它慢慢耙完最后一丘田，才喘了一口气，从水牛脖颈上卸下套件，母牛一身轻松，漫步到田边悠闲地啃起嫩草。

突然，轰隆一声巨响，水牛站立的山崖发生了滑坡，好像天神挥剑劈下大半山体，胆战心惊的父亲冲向悬崖，只见泥浆还在冒着白烟，却不见水牛的踪影……

父亲让我把小水牛赶回家，它第一次离开妈妈，任我怎么赶都赶不走。后来不得不用绳子打了套子，把小牛强行拽回家。它一路挣扎着，一声接一声哞哞地叫唤着，很不情愿地离开。

一个难熬的晚上，全家人都没睡好，一句话不说的父亲更是伤心欲绝。翌日，天蒙蒙亮，他叫上我肩扛锄头直奔塌方处，父亲卷起裤管踩进泥浆，挥起山刨啊刨啊，一天下来滚了一身泥，累坏了腰，还是不见母牛的影子。父亲刚从泥浆里拔出腿，村委主任前来察看灾情，说："老伙计，你就别费劲啦，这不是大海捞针吗？"

接下来的三四天里，小牛仍然哞哞地叫，不分白天黑夜吵得人心烦。父亲很伤感，就把家里最好的玉米面用米汤搅拌，给它吃，它也只是闻了闻。眼看它瘦了，两边肚子深深地陷下去，毛也半竖起来，无神的双眼显得烦躁。父亲说："牛也通人性啊。"到了第四天的傍晚，小牛才开始喝一点米汤。

母牛遭灾的阴影没有从父亲的心里消失，他每天都到灾害点走一趟，希望能有奇迹。由于连续暴雨，大量的泥浆被冲走了，十天后一个下午，父亲忽然看见两只牛角露出土面，他兴奋地大喊道："我家的水牛在那里啊！"父亲一边喊一边奔去，拼出吃奶劲用双手刨开泥土，磨破了手皮也不顾。不久，一股腐臭味差点将父亲熏倒。母牛的双眼还是睁着的，我回家拿来斧子，取下水牛头，父子将它抬到我家水田旁边一棵老樟树下，挖了个大坑埋葬牛头。过后父亲做了一块木牌，要我写上"水牛母之坟"。那天，我特意牵来小水牛和妈妈告别。

小水牛好像知道妈妈就住在土堆下，一边流着泪一边哞哞哞地叫着，凄惨的声音回荡在寂静的山谷，听到叫声的人都非常难过。它用舌头去舔墓牌，用头去拱坟土，仿佛在呼喊："妈妈，你不能丢下我！咱们回家好吗？"

折磨人的蚊子

夏末，我临时匆忙赶回单位。房子久没住人，桌椅蒙上一层厚厚的灰尘，我擦了桌椅又拖了地板，精疲力竭。晚上我刚躺下，就听见嘤嘤的声音，那是一只先锋蚊，先试探性地在高处飞了一圈，寻找准确的进攻位置，而后嘤嘤地急降我头部，贴近脸颊时竟还有一丝轻微的风，我啪的一掌猛劈下来，嘤嘤声立止，放空炮也在意料之中，凭往日的交战经验用手几乎没有击命中的可能。果真，那嘤嘤声又在床铺的上方响起。我翻身打开灯，房间亮堂了，一片宁静。

我的头一落在枕头上迷迷糊糊一觉到天亮。凌晨，张开惺忪的双眼，伸在外边的两手臂上被小蚊子叮出带红色的针孔，折磨人的蚊子，我与你不共戴天。

蚊子大概是眼下唯一敢于跟人类公开叫板的动物。尽管人类的智慧已经可以取对手的性命于千里之外，但对近在咫尺的蚊子却疲于应付。联合国秘书长潘基文在世界防治疟疾日大会上说："全世界每年有 100 多万人死于疟疾，而蚊子正是传播这一疾病的主要媒介。"难怪国外有个网站评选世界上最可怕的动物，老虎、鲨鱼、眼镜蛇都位置居后，一只小小的蚊子竟坐上了首位。蚊子，十大动物杀手之冠，每年全世界因蚊子而死亡的人数高达200万人。有报道说，在美国西雅图郊区的一间实验室里，科学家们正在研制一种"蚊子激光炮"，能够自动探测周围30米内的蚊子，并准确发射激光束，将其击毙。看来，"高射炮打蚊子"那句俏皮话，将变成事实。有媒体在发布该新闻时，用古怪的口吻说："冷战时期的导弹防御系统，有望在蚊子身上获得重生。"

蚊子值得人们这样大动干戈吗？其实蚊子是一种很短命且柔弱的动物，其寿命最长的也就几个月，且极易被捕杀。其厉害之处在于蚊族有超强的繁殖力。有材料说，1只越冬的蚊子繁殖1次会生成150—250只新蚊子，如果这些蚊子全部成活，一年内繁殖4次，就会生成约4.8亿只蚊子。也就是说，100只蚊子哪怕被消灭了99只，剩下的一只就足以传宗接代。这也是蚊子奋不顾身的原因。

但蚊子也有致命的软肋——它的繁殖离不开水，特别是不流动的水。蚊子的发育过程分卵、幼虫（孑孓）、蛹和成蚊四个阶段，母蚊子吸了血后，要飞到水中和水边产卵，之后的孑孓和蛹只能在水中存活。如果能够清除蚊子滋生的水体，捣毁它的老窝，蚊子将不打自灭。

我有一个家居灭蚊的好办法，在阳台放一个盆，放点香皂与洗衣粉制成的肥皂水，供蚊子在里面产卵。数日后，盆中可能就会有许多死亡的蚊卵。如此操作几次，效果也许比点蚊香好得多。

当然小区灭蚊也很重要，储水的水塔、地下室的水坑，以及消防水池、喷水池、游泳池等，都会成为蚊子的"产房"，曾经还发生过从自来水管流出孑孓的事。

至于城镇大范围的灭蚊，包括内河湖泊、洼地水塘、滨水区以及湿地等城市网的治理和管理，首先是要让水流动起来，再辅以必要的防治手段，需要的是城市规划者和管理者的智慧。灭蚊需要从上到下人人行动，处处防堵，而且还要拿出点小智慧，人类战胜蚊虫是必须的。

缕缕阳光徐徐从窗外射进来，一群鸟儿落在枝头欢快地觅食，我学画眉的声音和它们打个招呼。人总会因为一些美好，去原谅那些烦恼，化解那些烦恼。

知恩的山羊

　　一只穷凶极恶的雄狼，追猎一头年轻的山羊，山羊被追得屁滚尿流，抱头鼠窜，奔跑，再奔跑！面前出现两座悬崖夹着万丈深渊。情况危急不允许山羊多想，它一鼓作气，跳过了山涧，不幸的是左腿受伤了，拖着瘸腿，拼命逃窜。恶狼在山涧的悬崖边也犹豫了一下，但看到肥肉就要到手，也从容地跳过了山涧，继续追赶瘸腿的山羊。对付这么一头病山羊，稳操胜券，它这么认为。

　　山羊左盼右顾，在无意中发现一位农夫大爷在地里锄草，它毫不犹豫地瘸着腿投奔向他，仰起头恳求说："大爷，救救我吧，恶狼追杀我。"

　　大爷看着受伤的山羊，怜惜道："宝贝，不用怕，让我来对付他吧。"农夫一边说一边扶着山羊坐到田埂上。恶狼冲了过来，大爷手持锄头挡住了狼的去路。狼恶狠狠地对农夫吼道："你不能救它，它偷吃了我家的小麦苗，你就让我好好教训它吧！"

　　"真可笑，你家还能有小麦苗让山羊给偷吃了。"大爷哈哈大笑说。恶狼看看软的不成，就来硬的，圆瞪两眼，猛扑过去。大爷也早有防备，抢起手中的锄头，狠狠地对准恶狼的头部砸下去，恶狼匆忙调头，锄头还是落在恶狼的脊梁上，痛得恶狼嗷嗷直叫，飞快地逃走。

山羊两脚蹲地，向大爷恭恭敬敬地磕了三个响头，谢谢他的救命之恩。大爷忙扶起山羊，说："别这样，这是应该的。"

大爷搀扶着瘸腿的山羊，回到山林中唯一的一座草屋里，采集青草并捣碎配上锅底灰，敷在山羊腿上的患处。大爷住在森林里，吃啥采啥，到厨房里翻出仅有的几块地瓜，煮了地瓜汤宴请山羊，山羊很感动。

山羊在大爷的精心治疗、细心照料下，一个多月后，伤痊愈了，大爷才依依不舍地送它离开草屋返回到大山。

几年后，邻近的山林着火，一阵大风将火苗刮到大爷的草屋旁的灌木丛，火势越来越猛，山林大火蔓延开了。山羊路过此山，见大爷的草屋冒起浓浓黑烟，一口气冲到草屋前。它使劲撞开木板门，进屋寻找大爷。大爷病在床上已经好几天了，滴水未进，奄奄一息。山羊来到床前，让大爷趴在它的背上，迅速冲出草屋，转移到小溪边，将大爷放到河水中的一块大石头上，咬断一片叶子盛水，慢慢地给大爷喂水。几滴水入喉，大爷睁开了眼睛，看到了山火映红了半边天，噼噼啪啪的爆裂声不绝于耳，大爷用枯瘦的双手抱住山羊的头，偎依着，激动地点点头，舒心地笑了……

我的邻居双燕

　　我的好邻居是梁上的燕子，夫唱妇随，我叫它们"双燕"。

　　我们小区有十来座八层小高楼，我家住五楼右门，五年前有一天，一对新结伴的燕子登门寻找建巢地址，选中我家门顶作为建巢的风水宝地。燕子夫妇日出夜归，衔泥含草，一根水管顺着墙走，成了它们筑建新家的支架，打牢地基，忙碌了一段时间，牢固而又漂亮的"小别墅"落成了。燕妈妈匆忙地在窝里下了四粒蛋，三五一十五天孵出它们的孩子，雏燕一天到晚叽叽喳喳地叫着，好不热闹。可到底是忙乱的日子多，随着小燕子一天天长大，我注意到房梁上的小燕子大概是饿了，头靠窝边伸着脖子等吃的。一张张小嘴儿花骨朵似的开着，嘴角露出一小簇鹅黄。它们的爸妈辛勤地一趟趟飞出去寻找食物，衔着危害庄稼的小虫，在巢边有序地吐进等待已久的一张张嘴里。随着食量的增加，它们吃得多，拉的粪便也多了，我家门口成了"好邻居"的粪便垃圾场。

　　我老伴从小在城里长大，父母工人出身，她没有上过学，斗大的字没识几个，却很聪明，有一点经济头脑。大眼睛高鼻梁，一头乌黑的头发盘在脑后，挽了个螺丝髻。她喜欢穿红花连衣裙，每次外出都要打扮一番，从外表就知道她是一位爱干净整洁的贤妇人。老伴最擅长理家，家里一尘不染；小区居民卫生评比，她若得第二没人敢说得第一。她七八岁就学会帮妈妈做家务，长大做得比母亲还起色。每天父母换下来的衣服、厨房用具洗刷，统统一人包到底，姐妹不好意思也想插上一手都没门。久而久之，老伴就成了打扫卫生的专业户了。

起初，双燕前来选址时，老伴没有异议，她听老人说："燕子来家里筑巢，预示着家庭的安定和幸福，是吉祥的征兆，求之不得呢。"可是时间一久，她后悔了，说："要是早知道那么不讲卫生，我一开始就不让它们做窝了。"老伴一边打扫粪便一边责怪道。

有一天，皱燕也许是吃了不好的食物，拉稀粘在墙上、地板上。老伴忍无可忍，狠心想把双燕一家赶走。她拿起竹竿向巢穴捅去，我忙上前阻拦，说："错不在燕子啊，为什么要伤害它们呢？你知道吗？它们是人类的好朋友，一天能吃掉几百只害虫呀。"老伴本来就是个明事理的人，听了我的话翘起嘴赌气地说："你说得也有理，可它们把咱家当厕所，你说烦不烦啊。"停了一会儿又说："要不，你带它们到厕所去方便也行！"她气呼呼地走了。办法总比困难多嘛，我不能带燕子去上厕所，但给它们建个专用的简单"厕所"总可以吧。

于是，我找来了四四方方的塑料盒子，在四个角上钻孔眼，穿上小铁丝绑牢了，再把铁丝顶端弯成一个钩子，可以挂在巢下水管上，另两条铁丝上用一根木棍钉在天花板上，这样开口的塑料盒子就成了双燕一家的临时"厕所"了。老伴看到我建的"厕所"，笑得合不拢嘴。后来，我又承包了打扫"厕所"的任务。从此，双燕邻居安心地住下了。

燕子是聪明的，我们就在燕子俯瞰的目光里生活。它们经常看见老伴在巢下打扫卫生，擦洗门窗，似懂非懂地点头欢唱，感恩女主人一片热心，自己也努力做到粪便点滴归厕。每年迁徙前，一家老少齐聚水管上，啁啾声中，仿佛一个家都亮了。孩子大了要独立生活；新生代又在这里降生，一代比一代强。我们邻居屈指数来已五年了，春来秋去，天长地久，燕子永远是我们的好邻居。

驯　猫

　　猫捕鼠天经地义。老唐亲眼见到猫鼠和睦相处，猫的野性荡然无存……

　　我住的小区已走过了二三十年的风雨历程。我同梯道最顶那套房，户主是退休中学生物老师，唐姓。

　　前些日子，小区附近一座大型粮食加工厂搬迁到岛外了，里面的老鼠也纷纷另找出路，钻进了我们小区求生来了。唐老师虽然高居 7 层，也未能幸免老鼠光顾。老唐的爱人在屋顶小花园养了一只"不管闲事"的宠物狗，每天残剩的食物便成了鼠族的佳肴美味。尝到了甜头的老鼠肆无忌惮，出没成群结队，猖狂至极，啃咬书籍，偷食水果，毁坏植物，唐老师一家饱受鼠患之苦。

　　灭鼠对于曾是生物老师的男主人来说也不是什么难事。他舍得投资买来铁夹、鼠笼等捕鼠物理工具，开始战果颇丰，可是老鼠减少的数量却抵挡不住高产鼠族繁衍的速度。他不得不使出撒手锏，采用生物灭鼠法。

　　于是，唐老师特地从市场买回一只健硕的小黑猫，毛发光亮，体胖笨拙，爱吃熟食精料，显然是被过去的主人宠坏了。

一天，老唐发现有老鼠在书房乱窜捣蛋，便悄悄将小黑猫抱了进去，关闭门窗，和女儿一起驱赶老鼠。当老鼠贼头贼脑地窜出，途经小猫身边时，小猫却视而不见。

那天，唐老师和我们几位老友聚在一起泡茶闲聊，老唐大讲老鼠横行作恶，非得请猫出山不可。林教授说："唐老师，猫捉老鼠的时代已成过去式了，你还指望猫为你灭鼠吗？"

唐老师不信邪。回家立即捉到一只活老鼠，将猫和鼠关在同一个笼子里试试。两天后，他竟发现猫与鼠同病相怜，情同手足，还资源共享呢。这有悖常理的现象引起了唐老师的思索：自古以来自然界，猫是老鼠的天敌。猫见了鼠理应有如虎的野性，而笼中的猫鼠相敬如宾的怪象，其实质是猫天性的萎缩和退化。唐老师突发灵感，养猫不捉鼠，这和富养孩子变懒是一个道理。老唐下决心要重新激发猫的天性，找回它如狼似虎的野性。

经过一段时间训练后，有一天，他用麻绳一端将一只活蹦乱跳的大老鼠颈部套住，另一端结在柱子上，一切就绪才将老鼠丢给小猫。刚开始，比小猫个头还大的老鼠盛气凌人地直逼小猫，一时，小猫吓得浑身颤抖。就在老鼠向它冲去的瞬间，小猫突然猛地一转身，翘起胡须，伸出利爪，发出怒吼，躬身扑向老鼠，狠狠地咬准它鼠的颈部不放。老鼠发出"吱吱"的惨叫，拼命挣扎，一会儿就不再动弹了。

小猫会逮老鼠有了自豪感，得意地玩起死老鼠，叼起甩开，抛高落低，左右摆弄，尽情戏耍，全然没有一点儿食鼠之意。唐老师见猫光捕鼠不食鼠，其主动性与积极性大打折扣，大概率不会持久。唐老师再给小猫当启蒙老师，先是控住每餐食物量，让小猫也有饥不择食感。不时从小河里捕捉小鱼，扔在小猫面前，小猫不用自己钓鱼就有鱼吃，兴高采烈地呜呜叫。尝完了小鱼，唐老师穿上白大褂，套上手套，将老鼠肉切成一块块送进小猫的嘴里，毕竟风味有别。经过几次品尝，小猫终于找回不一样的味觉……

小猫一天天长大，食量大增，变得野性勃勃，威风凛凛，还因为它以捕鼠为己任，成了这个小区名副其实的"捕鼠大将"。我对老唐说，纵是害，严是爱，育人如此，驯猫也一样：不管白猫黑猫，能捉老鼠就是好猫。

逃生的毛蟹

　　那天老伴从农贸市场买回一袋只只生龙活虎的毛蟹，经过清水洗净，交给我加工成佳肴。我准备好调料，烧热铁锅，放进葱、姜、蒜等，哧溜一声，毛蟹被我倒入油锅里翻炒，诱人的香味扑鼻而来。

　　夏天，毛蟹配啤酒，神仙般的日子也不过如此。

　　突然，我眼角的余光瞟到了一个活物正悄悄地从我脚边爬过。"宝贝，快，一只毛蟹出逃了，快去把它抓住！"我一手握着锅铲，一手掌着锅把，腾不出手来抓它，只好喊正在看书的小外孙过来帮忙。

　　"在哪儿，毛蟹在哪儿？"孩子跑到厨房里来时，逃逸的毛蟹已经隐蔽起来了。

　　"刚才还在这儿，从我脚边爬过去的，你找找看，是不是躲在哪个角落里了？"我一边关注着锅里的食材，一边指挥小外孙搜索"逃犯"。

　　对于这只逃逸的毛蟹，很是惹我生气。少了一只，就少了一口美味，留下一只活物也不好处置，况且现在毛蟹也不便宜。

　　这只毛蟹藏得很好，孩子拱着腰找了老半天，终究没发现它的踪影。

看着孙子辛苦的样子，我犹豫地说："找不到就算了！"

"不行，找不到它，它会死的！"小外孙趴在地板上仔细地瞧啊看啊，每一个角落都没放过。

"是的，不找出来，让它死在哪个角落里，整个屋子都会发臭！你姥姥一向爱干净，绝不允许家里有死鱼死蟹的臭味。"

我对孩子说："去阳台把晾衣棍拿来，伸到柜子下面去，我就不信找不着这只'越狱犯'！"

"它不是'越狱犯'！"孩子一边跑向阳台，一边说，"它只是想活命而已！"

怎么就不是"越狱犯"呢？明明被我囚禁在塑料盆子里，趁我不注意翻出盆子逃之夭夭，等把它找出来，我一定饶不了它。我心里盘算着怎样处置这个"越狱犯"，孩子拿来了衣棍，仔细地在柜子底下拨弄，不一会儿，"越狱犯"举着两只大钳子，虎视眈眈地出现在了眼前。

"姥爷，反正其他毛蟹已经烧熟了，这只你就送给我吧！"没等我出手，孩子已经牢牢地抓住毛蟹的后背。

"好吧，你喜欢就留着玩吧！"难怪孩子一定要找到它，原来他是想留着这只毛蟹玩！我心里这样想着，高兴地同意了孩子的请求。

"谁要玩，我们学校新开办了一个生物小公园，正需要征集各种鲜活动物和各种昆虫，我把毛蟹放进学校小公园里，更有用武之地呢。"孩子瞪着眼睛，对我的错误判断表示很不满意。

对小孙子的意见我深表支持，又故意反问他："好不容易抓住它，放走不感到可惜吗？"

"那么多毛蟹都成了盘中餐，只有它能幸运地活了下来，这是一只幸运蟹呀！"小孙子的理由很充分，我还能找到反驳的理由吗？

　　看着孙子坚定的眼神，我心里闪烁亮光。孩子的眼光和成年人就是不一样啊，他们的心思既单纯，又更富有爱心。

　　"好吧，这只毛蟹身处险境仍然挣扎到底，这种顽强的精神不是很值得赞扬吗，幸运蟹就交给宝贝了！"我摸了摸小孙子的头，给了他和毛蟹一个赞许的微笑。

宾宾自白

我叫杜兵兵，小名宾宾，五岁犬。

我出生在农村，爸爸是杜宾，属于德系，妈妈是金毛，属于美系，我长得像爸爸。在我刚出生两个月时，就被在城里工作的"养父母"领养抱到他们家。"养父母"对我关怀备至又管教很严，有很强的依法养犬观念。一到城里的家，他们就特地到公安局为我办了落户市区的户籍。对我的健康成长，他们可没有少操心。周末"养父母"带上女儿缤芬领着我必到海滩打卡运动，踢球、抢球、赛跑等等，有时还到郊外或公园尽情地游玩。按人类的说法，称他们为严父慈母一点也不为过吧。

我住在海边环岛路，面朝大海，还有金色的沙滩。家里"养父"上面有爷爷奶奶，"养父母"有一个独生女儿，这样的家庭很完整吧。全家老幼都很宠爱我，温和善良的老"奶奶"特别爱干净，教会我要讲卫生。经过一个多月的培训我改掉了乡下的许多坏习惯，养成了到卫生间的犬笼里方便的良好习惯。从此我也很"识相"，尽量不弄脏家里，每次我喝完牛奶，总是静候"奶奶"用毛巾给我擦嘴。平时"奶奶"拖地板，我就会自觉地端坐在凳子上，等地板干了才下地活动。她每天帮我梳理毛发，经常给我洗澡，还买牛奶给我增加营养。每当我独自到阳台上去看看"奶奶"种养的花草、金鱼啊，或者是玩累了回屋时，我都不忘在门口地垫上擦擦脚。这一举动引得家人哈哈大笑，我猜想他们大概在说："宾宾很懂事，也很爱干净。"其实，我觉得这是我应该做的。尽管"奶奶"待我这么好，但我还经常"欺负"她，对她老人家"发脾气"。家里人说我是欺软怕硬，我想这难道是我的本性吗？

"奶奶"负责理家，做起家务有条不紊，搞卫生干干净净。她不仅一针一线地给我缝衣服、做靴帽，把我打扮得漂漂亮亮，衣着既美观又大方，每次外出都引来无数赞叹的目光。"奶奶"主内，"爷爷"主外，"爷爷"对我也是疼爱有加。他还经常带我出去玩，每次在小区里溜达总记得带好便纸和塑料袋装我的排泄物，特别注意环境卫生。有时，他去公园骑上老掉牙的自行车，一路"咿咿呀呀"，我还能坐在自行车前边的车筐里一边听音乐一边兜风，好不神气哟。所以，我对"爷爷"的感情也最深。每当"爷爷"几天不在家，我就很想念他老人家了，真是日不思食、夜不入寐，大家都说我是通人性的。

我还有一个我从来不与同类争吵的个性，小区里犬朋友的主人都夸我老实。有一次，一条大黑狗把我咬伤了，血迹斑斑，"爷爷"看着心疼极了，"奶奶"急忙替我消毒伤口，上药包扎。为此，黑狗家的主人来我家赔礼道歉，并愿意赔偿，可"爷爷"和"养父"执意不肯接受。看到"爷爷"如此通情达理，我很感动，从此只要遇上那黑大个，我就会拼命地逃跑。好犬不吃眼前亏嘛，我惹不起总躲得起吧。

还有不能不提的缤芬，她既是我的玩伴也是我的老师，她学习认真，成绩优秀，被年段的同学称为学霸。她放学回家放下书包就来陪我玩，教我学知识，目前我已经学会十位数以内的加减了，她吃过晚饭休息一下就安下心做作业。

我很幸运地生活在这个充满幸福快乐的家庭里，我已经长大了，也懂事了，我与家人的感情很深很深。可惜我只会摇摇尾巴，而不会用歌声来表达我的情感。

我非常感谢所有爱护我们善良友好的人们，我相信我们会成为人类最忠实的朋友。

不让孤独

我出生在南方海边的一个农村。打我记事起，就有一群小屁孩陪着我玩，他们都说我毛茸茸的，是一条听话的狗，可爱极了。

这里的海风说来就来，特别在秋冬季早晨，云在风的追赶下拼命地逃，我跳进了柴堆，躲避着狂风。当初升的太阳把天空撕开一道口子，风也就渐渐地停止了，我钻出柴堆，眼前落叶撒满一地。我用鼻子闻闻，好奇地舔着落叶，有一股咸咸的盐味，微扎舌头。院子里，一棵大柿子树叶子掉光了，几根被风刮断的小树枝还在树冠上吊着，几粒柿果孤零零地吊在枝头，我记得我尝过这棵树的果子，涩得很。

第一次遇到贼，是一个挂满红灯笼的夜晚。三叔把我叫醒，高声喊着："快！起来抓贼咯！"我和三叔往东追，看见一个矮个头的男人在前面跑，手里抱着一只家兔。我撒腿狂奔追去，咬住了那人的裤管，减缓了他的速度，就被三叔给逮住。据说是一个外村的小毛贼，后来，交给派出所。

那天晚饭，大姨给我奖励了一块大骨头，我正在饭桌底下兴高采烈地啃着，听到三叔说村委会要给我带什么大红花。

我没有理他，翻了个脸继续啃着这个比我脸小不了多少的猪骨头。

第二天上午，三叔领着我去村委会，村干一帮人正要开会，那一张张面孔我好像也都见过，村委主任拿着一朵塑料小红花给我套在脖子上，我咬了一口，满满的塑料味，真难吃。村委主任觉得我很乖，能重用，不能埋没"犬才"。他抚摸着我的头，说："伙计啊，村里委派你重任行吗？"三叔毫不含糊地回答："要重用它没啥问题呀。"

护林员兼治保主任走过来，蹲在我的面前，说："跟着我护林行不？"

治安委员陶鲁军是一位军犬退伍军人，对我们犬族具有特殊的感情。他这几天正想物色一只优良的护林犬，我的突然出现正中他的下怀，真是踏遍铁鞋无觅处，得来全不费工夫啊。几天后，我便被三叔转交到陶鲁军手上。

新主陶鲁军家庭条件相对比较好，红砖墙水泥结构楼房，地面砖很光滑，踩在上面冰冰凉。主人还为我新建了精致的小别墅。他训练了我一周，传授必备技能和一些简单的动作，如坐、趴、滚、跳，认识和牢记防林的基本知识。陶鲁军说我不仅性格温顺，而且十分聪明，学起东西很快。每天给我吃上等伙食，他说："训练很辛苦，营养要跟上。"因为我学得认真，他疼爱有加，我们的感情日益加深。

经过一段时间训练后，陶鲁军就带我出征，执行巡山林重任。我们顺着林中小路先熟悉地形，辨别方向记住交通道路，只要走过一次，就像打印机输入我的大脑里。

有一天，陶鲁军拍拍我的头说："今天主要开会就不上山了，你想去溜一圈记得回家哦。"一大早，我轻车熟路边跑边跳，从小路上山。到了地势较高的林中，发现两个年轻小伙用手中的网拉网捕猎野鸟。我冲向一个年轻人咬住他的脚脖子，他企图用网罩住我。我奋勇反抗，咬他一口，他痛得哇哇直叫。另一个也跑过来，用手里的一根木棍朝我身上打。我一使劲，跳起一米多高向他身上撞去，他毫无准备被我撞倒在地。两人看我不好惹，收起捕猎工具赶快溜走了。

后来，我闻到了周爷身上腐烂的味道，它整日躺在白色的床上一动不动。再后来，有人把周爷抬走了，在一个雾气很重的清晨。

我向山岗跑去，我想起了二叔，想起了二姨。想起了二哥，想起了周爷……我累了，趴在一棵柏树下，喘着粗气。我打破了周爷的孤独，可周爷又把孤独还给了我，我不想要孤独，我想陪着周爷。

不久后的一天，他们为我和周爷建了一座墓。我和周爷都不孤独了。

幸福和谐的一家

邹桂兰是一家之主，哈巴狗小白和八哥小黑先后来到她家，这不就成了三口之家吗？

那年，邹桂兰的老公离开人世，儿子又在国外安了家，失夫之痛加上孤单的生活打击，几乎要击垮她。临近退休了，她选择全身心地投入教学中。

好友见她寂寞，同事周清亮老师抱来他家的一条小狗和她做伴，他已体会到养狗会带来无穷的生活乐趣和精神安慰。

邹桂兰开始养狗了，这是一条京巴狗，取名"小白"。它很有个性，表现欲强，其形象酷似狮子，乖巧安静，感情细腻，娇小的身材，水汪汪的大眼睛，自然流露出的勇敢、大胆、自尊更胜于漂亮、优雅或精致，会让你着迷一般地爱上它，心甘情愿地呵护它。邹桂兰很快就把小白当成了掌上明珠，外出时会牵肠挂肚惦记它，她感叹宠物的魅力真大呀。小白披一身雪白绒绒的长毛，一对有长长睫毛的大眼睛，而且是双眼皮，那乌黑的眼珠忽闪忽闪的像会说话；小嘴向右吐出一点舌头，显得非常调皮逗人。它高兴地摇摇小尾巴，像盛开的菊花，撒腿跑时像只小兔在绿草地上滚来滚去，特好玩。很多人都夸她漂亮，而且都会问："你给她文眉吗？""耳边的毛烫过了吗？"之类的问题，邹桂兰总是得意地回答："没有啊，小白是天生丽质呢。"

小白喜欢跟人玩，见了人很热情。特别是漂亮女生，它会站起来拜拜，跳啊跳啊，还呜里哇啦地自语一大堆谁也听不懂的话，然后干脆躺在地上四脚朝天，滚来滚去一个劲儿地撒娇，真是让人笑弯了腰。它不太喜欢与同类玩，尤其是打斗拉扯。

日复一日，年复一年，邹桂兰越来越喜欢小白了。因为她有满腔的爱无处发挥，她甚至觉得小白是她儿子了，每次看着小白大口大口喝水，桂兰心里会涌上一种满满的快乐。

邹桂兰每天早、晚两次遛狗，哪怕自己半夜回家也要带它下楼溜一圈。在营养管理中，每天除喂适量的蔬菜、面包、饼干等素食外，一早起来吃早餐，牛奶、鸡蛋，小白吃蛋黄，她吃蛋白，每天增加点瘦肉或小鱼虾。偶然牛奶放过夜了，必定让小白吃新鲜的。为了小白的健康，邹桂兰还经常研究小白的心态与叫声的关系，哪怕它轻叫一声，就知道这是要喝凉白开水，嘤嘤一声，那是要玩具等等。

有了小白之后，邹桂兰发现小狗真是单身贵族的最佳伴侣。有了它，回家再也不寂寞，因为回家时它会热情地欢迎你，在家时它会寸步不离地跟着你，遇烦心事或不开心时还会逗你。

有一天，邹桂兰带着小白到花鸟市场，它看到一只小八哥特别有兴趣，抬起头举起前脚与八哥玩得不亦乐乎。邹桂兰当即把小八哥买下来，店家还送了一个精巧的鸟笼，邹桂兰手提鸟笼，给八哥起名"小黑"，一白一黑很匹配。小白一路蹦一路跳，高兴得哼哼唱唱。小黑一身黑色的羽毛与小白形成巨大反差，镶了一圈白边，在尾巴的反面是黑白相间的花纹，米黄色的长尖嘴，一对圆圆的小眼睛骨碌骨碌特别有神。为让小黑学说话，桂兰还特地去拜访了鸟主，按他传授的方法，桂兰选择僻静不受干扰的地方，专门挑早、晚空腹时对小黑进行培训，训练内容由简到繁，先教"你好""再见"等简单词语，再慢慢教多字的词句。半年后，当小黑亮起清脆的童声，口齿清楚地叫出"你好"，邹桂兰高兴得不得了。小黑学会人语后，她更努力地教，还经常逗其学说，不让"返青"。

一天清晨起来，小黑大声叫"妈妈""好妈妈"，邹桂兰激动得热泪盈眶。

聪明的小黑，接受能力特别强，很快学会了"热烈欢迎""恭喜发财"。还有更逗的事情呢！有一天早上，邹桂兰正在洗脸，听到电话铃声响，连手都顾不上擦就过去接，却没声音。第二次又是这样，她心里犯嘀咕，谁呀？第二天，周老师来访，电话铃又响，正想去接，周老师哈哈大笑，说："那是小黑给你打电话，它学的电话铃声。"小东西模仿能力太强了，怎么学怎么像，以假乱真。小黑还会一整套呢，自己打铃，然后大叫，"妈妈电话""电话来啦"，再学桂兰打电话，全是闽南话："喂，我是李小华。哈哈。"笑得一模一样。她和同事、小姐妹都笑弯了腰，其实这几句话没人正儿八经地教过它，只是平时邹桂兰特别高兴时说几遍，它就会了。

桂兰家有这样一对小宝贝，可爱吗？真是三口之家的幸福生活。

为啥爱那只猫

住一楼的赖可卿姑娘，小巧玲珑，温文尔雅，打扮时尚，很爱干净。她虽然出生农村，对猫狗却不喜欢，甚至对常常抱小猫、牵狗出门的同伴看不惯。好些流浪猫经常聚集在她家门口挥之不去，让她恼怒。

近日，一只枣红色的小猫却闯进了她的生活。

那天，赖可卿下班回家，打开外铁门，推开内门一条缝，一道黑影突然闪入，消失在厨房的冰箱后面。可卿拿来晾衣叉，放轻了脚步，蹑手蹑脚想看看那黑影究竟是不是猫。她站在冰箱前，看见一条枣红色的尾巴伸了出来；她又绕到右侧，小心翼翼地掀开遮挡的塑料珠帘子，借着太阳西斜照在窗玻璃反射的光束往里一瞧，一双琥珀色的眸子与可卿的眼睛撞个正着——原来是一只瘦得皮包骨的枣红色的小猫。

赖可卿与枣红小猫初次见面，不知为什么她竟能很友善地跟小猫打了个不冷不热的招呼，说来也怪，小猫倒没有很惊慌地想迅速逃离，还有点害羞地低下了头。看来，小猫对可卿姑娘没有不友好，更谈不上充满敌意了，这多少让赖可卿有些意外和惊喜。

夜幕降临，赖可卿在厨房忙着做晚餐，小猫从冰箱后面跑到前面，蹲在厨房门外的门框边，伸直脖子冲可卿喵喵叫了几声，歪着头颅好像等着小女主人的恩赐，不难看出小猫饿了。赖可卿忙停下手中的活儿，拉开冰箱门取出昨天没吃完的煎鱼，把煎鱼片装在一个塑料盘子里，放到小猫身边喂它。香喷喷的煎鱼片对它来说好吃极了，它又朝可卿叫了几声，还用爪子扒拉纱门，赖可卿比起手势，提高音量，说："别捣乱啦，这是破坏行为懂吗？"小猫好像听懂了可卿的话，放下脚，不再用爪子扒了。瞬间，赖可卿对小猫的好感又增加了许多。

　　清晨，赖可卿起床迟了，小猫又等待在纱窗外，看见可卿披头散发的，它又喵喵地叫了起来，声音又柔又细，听起来像撒娇。可卿打开窗户放它进来，拿出火腿肠把它喂饱，小猫跟着可卿跑前跑后，还围着她转圈圈。赖可卿拿出手机顺手拍了个视频，发朋友圈和抖音，希望小猫的主人早些上门来，把它领回家。

　　时间过去了一周，无人问起。赖可卿原来想，把小猫喂养几天就"物归原主"。可是小猫的聪明机灵、活泼可爱，使她改变了主意，决定留下这只小猫。她很郑重地说："小宝贝，主人不要你了，你和我生活在一起吧。"小猫好像听懂可卿的话，点了点头，表示赞同。

　　赖可卿收养了小猫，取名叫"小丫"。小丫特别爱干净，从来没有弄脏过她家的地板、桌椅。说来还有些叫人不信，小丫晚上会自觉钻到餐桌下的隔层睡。白天，它会被鸽子、麻雀、蝴蝶所吸引。看见一群麻雀在小区的草坪上觅食，它会匍匐前进，快要接近猎物时，迅速地冲上去，可它的捕猎技能并不好，甚至有些笨拙，所以总是无功而返。每天傍晚，可卿都会到草坪另一端的水泥平地上跳绳。每次见她穿好鞋子，小丫都会先冲到前头，趴在不远的地方等她。起初，赖可卿以为这只是巧合，反复试了几次，她得到了满意的答案，小丫真的是去陪她跳绳的哩。

相处了一段时间，赖可卿发现小丫性格温和、善解人意，它对可卿很是信任，闲暇时还爱在她的身边蹭来蹭去，或者趴在她的脚下放松地打盹。如今，这只聪明可爱、慵懒自在的小丫已成了赖可卿家庭的一员，是这只有灵性的小猫让她相信：信赖可以在人与动物之间传递啊！

阿兰驯兔

"万物皆有灵。"这是刘阿兰一生的信念。

阿兰毕业于农业大学，一直从事农业工作。临近退休时，她路过一家宠物店，在标本橱窗里看见一只漂亮的小白兔，心一动，将小白兔买回家当宠物养。

刘阿兰抱只兔子回家，女儿豆豆最高兴了，从妈妈手里接过小白兔，左看右瞧。它全身雪白雪白，两只长耳朵和一对水灵灵的大眼睛却是黑的，臀部还有两朵小梅花，也是黑茸茸的，煞是可爱！来自乡下的老奶奶看着这只小精灵也眉开眼笑的。唯独刘阿兰的老公高兴不起来，说："养只猫养条狗没得说，养只兔子当宠物像啥话哟，不仅不会听你的，还可能给你惹麻烦呢！"横说竖说，刘阿兰还是一句话："万物皆有灵。"

女儿给小白兔起了个美名叫"白绒绒"，就这样，绒绒成了家里一员。

白绒绒刚来时，小不点可娇嫩呢！年幼无知，好像一生只知道吃喝是头等大事，而拉撒就被丢到脑后去了。不管白天黑夜，它跑到哪儿就拉到哪儿，如一粒粒小黑豆吧嗒吧嗒地掉落在地上，仙女撒花似的，玩到哪里，就把一泡泡淡黄色的浊酒撒到哪里。这可气坏了爱干净的老公，有时故意当着阿兰的面跟白绒绒发无名火，而刘阿兰只能忍气吞声，其实内心比丈夫更着急，心想："这还了得，兔不教主之过，非管教管教不可了！"

于是，刘阿兰使出了驯兽的妙招：一见白绒绒拉撒，就立即逮住它，先按住鼻子让它闻闻自己的"杰作"，然后打屁股！拉豆粒便，轻打；撒浊尿，重打。打得绒绒吱吱直叫，好像在苦苦哀求原谅，阿兰才停手。打了以后就把它送进笼子里关闭起来，在笼子下面设置一个大盘子专门盛粪便，让它自个反省，等它拉撒完毕，清理盘子，再给它最爱吃的麦片作奖励……这样的坚持和教育，习惯成自然，机灵的绒绒好像也明白了主人的良苦用心，再也不敢乱拉野撒了，一有内急，就赶紧跳进笼子里。

随着慢慢长大，白绒绒不仅懂得了清洁卫生，也越来越变聪明了，它胖乎乎、雪白雪白的，犹如一只大雪球。刘阿兰下苦功夫开始训练小白的技艺表演。

风和日丽，气温回升，阿兰就让绒绒在阳台上多活动活动，先教给小白兔一些简单易学的动作，让它用后脚撑地，踮起前脚，把圆滚滚的肚皮紧贴在栏杆上，头朝外四处观望。清晨看老人们打拳跑步，看猫狗们溜达散步；黄昏看归巢的鸟儿们回窝，听东湖旁的蛙鸣蝉叫……绒绒掌握了简单的技艺动作后再教会它适合的特技表演，如今一旦阳台人多时，绒绒就会即兴表演。有一天下午放学后，女儿和几个同学来家里玩。绒绒兴头起来，仰起头，后脚撑地，前脚抬起并拢作"拜拜"状，接着一甩头，撒开四脚左旋右转，右旋左转，然后又来个"空中扑腾"，轻巧落地，同学们为它拍手喝彩，它很自豪地抖抖两只大耳朵，点点头给同学谢幕呢！

刘阿兰的老公开始对她饲养兔子并不看好，当他和绒绒相处几年后，目睹它一步步成长，日久情浓。一高兴，他替老婆承担了许多任务，开始像关心女儿一样关心它了。

功夫不负有心人，在刘阿兰不离不弃的坚持和耐心训导下，白绒绒灵气尽显，一家人其乐融融。

猫咪拉拉

我家有只养了八年的老猫，是我同女儿一起去斗西花鸟市场买回来的。当时它被其他猫压在最底下，我女儿看她可怜才挑选了它。那时的它才几两重，只有手掌那么大。回家的路上，只见它不停地叫唤。

到家的第一件事就是帮它洗澡，把它放在温水里，用猫浴露擦遍全身，然后把身上的跳蚤全部抓干净。

一只大眼睛，长耳朵，毛茸茸的漂亮小猫诞生了。我女儿给她取名叫拉拉。

拉拉的到来给我家带来了许多欢笑，它顽皮的举动，让你不喜欢也得喜欢。

如果你在忙，它就会很安静地等在你身边，不时地关注你的一举一动。

看见你有空了，它就会主动来找你玩，用前爪拍你一下，然后跑到一边藏起来，言下之意是：来抓我呀。这时，你就要给它点面子，跟它玩一会儿，不然它会很生气的哦。下次你再想叫它过来时，它就会有意不睬你了。

每当我烧饭时，它会很认真地看着，当我把菜放到嘴里尝味道时，它就会立刻走过来，一只爪子搭在我腿上，一只爪子拍拍灶台，像是说："给我吃点。"合胃口的，它就拍拍我，让我放下。不合胃口的，它回头又坐回老位子，继续看我做饭。

刚来的几年，它身材苗条，跳上跳下不在话下。它能徒手抓飞着的苍蝇，真不能想象，这么小的爪子，竟然能把苍蝇拍到。

到晚上，它满房间地找蟑螂，有时忙得一个晚上不睡觉，它会把抓到的战利品放到鞋子里，并在第二天看见人起床了，就叫着把你带到那里，告诉你，它有多伟大。

现在的拉拉已经没有过去灵活了，但依然很可爱，它和人可以沟通了，能理解人的基本意图。如果你要喂它吃饭，你就跟它说："吃饭了。"它会立马到饭桌前等你。如果你想要它睡觉，你就跟它说："睡觉了。"它就立马跑到猫窝里去坐着。如果它在沙发上占了你的位子，你对它说："下去。"它就立刻会让座。最有意思的是，你对它说："来香香下。"它就会伸长脖子，用小嘴在你脸上轻轻地碰一下。

我女儿到日本后，拉拉很想她。一次，女儿的同学从日本回来，帮我带了些东西来。进门后，我开玩笑地对着在另一间房中的拉拉说："漾漾来了。"只见它立刻兴奋地冲过来，对着同学喵喵叫着跑去，当同学伸手给它闻了一下后，它感觉不是漾漾，转身就走了。这一天，我再叫它时，它爱理不理我，它生气了，怪我骗了它。

拉拉还喜欢干涉人的行为。当你打电话声音过大时，它会用前爪抱住你的腿，嘴巴咬住你的裤脚，发出嗯嗯的叫声，指责你分贝太高了。

拉拉还是个美食健康专家，只要是它爱吃的，一定是健康食品，每次买回来带热气的鸡、鱼、鸭，它都会吃上很多。冷冻食品、腌制食品它是从来不吃的。现在市场里打过黄粉的小黄鱼看上去新鲜，但它会吃。它闻到火腿就走开，但是它爱吃蜂王浆、榴莲。

我怀疑猫跟人时间长了，会把自己当人看。它跟猫有 8 年不接触，而跟人是天天在一起。我们已经把拉拉完全当成家庭的一员，它享受着跟人一样的待遇。衷心希望它能健康长寿。

桂阳与小白

　　小白是桂阳邻居面粉加工厂的一只小白兔子，桂阳叫它小白，后来大家也习惯这样叫它。

　　它有一身洁白的毛，远远看去像一团棉花，要不是它那红红的眼睛，桂阳还真是认不出它了。它的耳朵薄薄的，你见了一定舍不得去拎它，明亮的大眼睛，像狗一样能听得懂人话，还非常温顺。它喜欢趴在店门口一个大石碾上安静地晒太阳。年轻小伙桂阳是在镇上一家电子厂上班，每次经过，叫一声小白，它就会跑到桂阳面前，用它暖暖的小舌头舔他粗糙的手。

　　小白第一次当妈妈，有了 4 只毛茸茸的小毛球依偎在它身边时，桂阳觉得小白的目光里全是温暖的母爱。小白把两双小家伙舔得干干净净，孩子们争抢乳头吮吸着如蜜露一样的乳汁，喂得小家伙胖乎乎、肉鼓鼓。小白就住在这个街边面粉厂的一个角落里，尽心地哺育着自己的孩子。大约过了 4 个月，4 只宝宝就被店里的老板娘以 50 元一只的价格卖给乡下的农人。小白看上去消瘦了很多，精神不振，但依旧那么乖，老板娘在街边洗菜洗衣服，它就安静地趴在主人身边。因为桂阳每天路过的时候，抚摸小白的小脑袋已经成为一种习惯，因虽然它不是很名贵，但当它用那么温柔友善的眼神望着你的时候，还是令桂阳无限地爱怜它。

秋天，桂阳照旧路过面粉厂，灿烂的阳光下，看不到小白在晒太阳。于是桂阳问老板娘，她告诉桂阳："小白没了。"一时间，桂阳怎也没明白过来，再问："什么叫没了？"期待答案的时候，桂阳真希望自己听错了。"没了，周五叫车轮给砸了。"桂阳只觉得自己好像一下子从初春的温暖的阳光下掉进了寒冬的严寒的冬日。"那个车子为了抢红灯，从路口冲过来，小白一下子就没了，连叫都没来得及叫一声。"可怜的小白啊！小白的影子在桂阳眼前闪过，从认识小白那天起，他从来没有听到过它的叫声，直至死亡来临，小白没有叫一声，忽然间，桂阳的泪水就已经满面。他再也不会在这里看到可爱的小白了，此时距小白当妈妈只不过几个月而已。

桂阳不知道那个鲁莽的司机有没有看到路边的小白，无情车轮下面碾压着的是一条多么可爱的生命。老板娘抬起头，桂阳看到泪光也在她的眼眶里涌动。其实，不论大人小孩，不论是男是女，已有很多人视小白为朋友了。

桂阳站在石碾旁默默念叨着：小白，不知道你到了天堂有没有看到美丽的花朵和圣洁的天使，是不是还在惦记着自己的孩子们，但愿你在欢乐的天堂里开心玩耍，那里没有滚滚的车轮，你在那里会是安全与幸福的。

来　运

　　来运是我拾的一条狗，给我暖过被窝的一条狗，也是我妈妈爱的一条狗，还是让我一生难忘的一条狗。那一年，我八九岁了。

　　周六下午我放学回家，小路边聚集一伙人，我也凑上去，看到一只小狗崽，它比大人的手掌大不了多少。有小孩拿树枝撵它，也有小朋友用脚踢它，也有学小狗叫的。我看着那只刚满月的小狗正在嘤嘤地叫着求饶，很是心疼。小朋友没给它好脸色，它的眼神中充满着乞求，跟我的目光一接触，就引起共鸣，心一动目光粘在了小狗身上。

　　我拨开小朋友说："可怜可怜它吧，也许是跟妈妈走丢了，饿坏了。"听我这么一说，小朋友安静了下来，不再玩弄它。我抱起可怜的小狗赶紧回家。

　　回到家，我先找点东西喂它，这时妈妈干活回来，一见我在喂小狗，奇怪地问道："哪来的小狗？"

　　"路边拾的。"

　　"捡的？！"她火冒三丈，脸上晴转阴一下子黑下来，骂道："不捡金不捡银，捡一张会吃的狗嘴巴，人都吃不饱了，还想养小狗！你啊，真的欠揍！"说着跑进房间拿出惩罚工具——一杆竹条，我一看她这阵势，全身起鸡皮疙瘩，我本来就是有名的"哭鼻虫"，眼睛里蓄满的泪水像打开闸门滚滚而下，大哭起来……

这时，父亲也从田里收工回来，看到眼前的一幕，冲着我妈问："啥事发这么大的火？"

"你宝贝儿子啥不好捡，捡了一条会吃饭的小狗。"

"你也真是的，何苦发这么大的火呀，小狗不也是要活命吗？"人称大善人的爸爸吐出这样一句话，这话还很管用，无形中注定了小狗的命运。我哭声立止，忙用手背左一下右一下抹掉了脸上的泪，留下了几道脏兮兮的黑印。

爸爸一看这小狗也有几分喜欢，顺口叫它"来运"，父亲以为捡狗不是灾而是福。我不停地招呼来运，来运好像是听懂我的话，发出呜呜的叫声。我一把把来运抱在怀里，破涕为笑。它温顺地躺在我的怀里像只小绵羊。

那时，我家贫穷，一家七八张嘴，父母为三顿饭头痛。妈妈常念叨人都养不活了还捡了一只狗，我深知妈妈的难处，尽量不给家里增加负担。我利用放学时间，下河摸鱼，捉虾捡螺，既改善家里日常生活，也能剩些残余及动物的内脏给来运饱餐一顿。农作物收成季节我还到收割后的水田农地去捡稻穗、花生、豆类等带回家交给母亲。妈妈高兴了，常对父亲说："拾来一只狗，儿子变了一个人，划算。"妈妈每顿饭后，饭桶底她都要抠出些剩饭剩菜喂来运。

20世纪70年代，南方的冬天没有暖气，非常难熬。我家是三间土瓦平房，我和母亲住在大厅的左偏屋，屋里没有任何取暖设施，那时连被褥也稀缺。我睡的是一张木板床，床板上铺的是草垫，草垫上有一条咸草席子，冬天盖一条旧棉被。屋里有一种拔骨的凉，农村多数用一种自制的火笼取暖。母亲睡觉前用火笼烤手、暖被子，她说："小孩屁股三斗火（闽南话不怕冷的意思）就不用火笼了。"更深层的原因是怕小孩误事发生火灾。白天还好些，在外边干活或者蹲在墙根晒太阳就不冷。最难熬的是晚上，只要钻进被窝里，就必须蜷曲着身子，好像能捂住热量，以免被屋里的寒气吸走了。我常常是晚上怎么躺下的，早上起来还保持着那个姿势。不知道是哪一天，我脱衣钻进被窝，脚下一团毛乎乎的东西，吓了我一跳，原来是来运躲进我的被子里取暖。"鸟添一根毛就多一分暖"，何况来运全身都是毛呢。我的脚底暖乎乎的，能伸开腿了，一高兴顺手把它抱进怀里，也不管干净或肮脏。来运发出哼哼唧唧的声音，像是立功受奖似的。整个冬天因为来运，我也暖和了好多。

来运一天天长大了，它屁颠屁颠跟着我寸步不离，和它比赛跑、比爬山、比游泳，还和它玩丢皮球、找皮球等。在家里，我一直把它放在我睡的床板上，经常训练它往床上跳，只要它跳上来，我就高兴地抱住它转圈，它仿佛受到鼓舞，更加卖力地往床上跳。

春天阴雨连绵令人讨厌，来运把一个个小梅花印踩在被子上，妈妈看到会生气地打它、骂它，旁敲侧击，实际怪我不会洗被子还弄脏。来运知趣地哼哼哼唧唧跑到它的窝里，像个受了气的孩子。趁妈妈不注意，我还是让它往床上跳，因此它的胆子越来越大了。

后来发生了一件事，让妈妈从讨厌来运到爱来运，态度

180 度大转变。一天晚上,妈妈忘了将下蛋的老母鸡关进鸡舍,山村不怕贼就怕野兽,一只山猫乘虚偷袭。老母鸡是妈妈的心头肉,一个鸡屁股就能支撑着全家的油盐酱醋,好在来运已经是一条出类拔萃的看门卫士,夜间一有风吹草动,它就会惊醒。来运灵敏的嗅觉发挥了作用,它奋不顾身冲向山猫,又吼又咬,父亲听到来运的叫声和打斗声,第一时间冲出大门外,抓起棍子就打,山猫被这突如其来的打斗吓破了胆,放下嘴上的母鸡迅速逃命。此后,母亲逢人便说:"来运替家守财,救下老母鸡。"从此,母亲成了来运最依赖的人,成了我家的一员。

养狗的转变

　　这两年，我和老伴回到老家前山村，回归乡间田园生活。老家依山傍水，一条小河从村边蜿蜒流过，交通便捷，离县城也不过十多千米路程。乡邻靠养蜂脱贫致富，绿树红花掩映着新农舍，村容焕然一新。

　　自古以来，农村就有养狗习惯，老伴是城里人，天生怕狗，狗一走近伸出舌头，她就浑身起鸡皮疙瘩。我说服她养狗，可以帮忙看门，还多个玩伴，丰富生活。我去了一趟县城，从朋友处领回一只4月龄的金毛，起名田。

　　旧厝大门边原有的狗洞还留着，我们重修了田的小窝。头几天专教固定地点大小便，田很快就适应了新环境。田特别聪明，不时还会卖萌，逗得我们开怀大笑。一日，我们坐沙发上聊天，田跑过来凑热闹。老伴说："你可要听话哦！不然就揍你！"她边说边在沙发上拍了两下，没想到田忽地站起来，上肢搭到沙发上，用右爪在沙发上连击两下，把我们逗得笑出眼泪来。

　　夏日傍晚，溪边凉爽，我们常到溪边漫步，田屁颠屁颠跟着。到了一个大水潭边，我顺手拾起一个小石头往水潭中扔去。没想到，田嗖的一声，直扑潭中，潜入一米多深的水里，一瞬间，竟从潭里叼起一个小石头浮上水面。后来我每次到溪边都带着小皮球，随便扔，有时水里，有时地面，让田捡回小皮球，有意识锻炼它的机灵和耐力。

一日傍晚，我们吃过晚饭正收拾残局，发现田从外面跑回来，嘴里还叼着一尾大鱼，足有一斤重，鱼尾还甩来甩去。我双手扶起它的头，轻轻一吻："了不起啊，田还会抓鱼呢！"

第二年夏季，田长成一只大狗了。老家遭遇史上罕见的台风袭击，暴雨倾盆，山洪暴发，大水淹没了道路，不时还可看到洪水中挣扎的猪羊。突然，洪水咆哮声中夹杂着女孩哭声，一个小女孩双手抱着木头，从上游漂流而下，距溪边有 30 多米远。溪边有人大喊："抓紧木头，千万不要松手！"可是小女孩被大浪一击，手松开了。我大喊："田，快去救人！"田像离弦的箭冲到那小女孩身边，它用前肢扶住木头，使出全身力气，推着木头往岸边靠近。距岸边 10 米，5 米，3 米，我急忙跳下水抱起小女孩。那位母亲接过孩子："谢谢老人家，谢谢！"我指着田说："错了，救你孩子的是它！"

那日，老伴去县城参加同学聚会，傍晚时分还不见踪影，我有些着急，田也烦躁地在大门口跑来跑去。我给老伴打手机，一直处于关机状态。天快黑了，老伴才借了同学手机打给我，说手机没电了，下午准备回来，恰巧在街上碰到多年不见的表妹，被她拉去住一晚。田坐卧不安，我拍了拍它的头，说："你奶奶今天不回来了。"可是田半懂不懂，又跑到大路上转一圈回来，还不停地发出嘤嘤声。

第二天早晨，天蒙蒙亮，一阵狗叫声把我从梦中吵醒。只

第二辑 小狗的告白

141

听钥匙开门的响声，田早已窜到我面前，摇头摆尾，异常兴奋。我猜想一定是老伴回来了。果然，老伴提着大包小包进屋，一进屋就感慨："车还没停稳，田就叫个不停，晓得是它来接我了！一下车就被它粘住了，折腾了好一阵。"

看来，这世上没有什么是一成不变的，老伴从怕狗到爱狗，是以真心换真心。人与动物如此，人与人亦如此。

秋秋与久久

　　四年级小学生秋秋就读于村东头的幸福小学，每天上学都要从村西顺着河岸的大道走。在新农村建设中，河两岸的坡面刚填上新土，为防止沙土飞扬铺上浅绿色的尼龙网。秋秋和同学们走在四季常青、景色宜人的河岸上，一路唱歌，一路跳舞。秋秋突然看到河坡面上铺着的网里有个黑东西在抖动。他很惊奇，定睛一看，竟是一只小麻雀在网下挣扎着。真不知这只小鸟是怎么钻进网里的。为帮小鸟脱困，秋秋连忙蹲下来，二话没说，左手轻轻地拉起尼龙网，伸出右手小心翼翼地抓住小鸟，把它从网中救了出来。本来他想随手放飞小麻雀，可是小麻雀扑腾几下，飞不起来，翅膀还有鲜红的血流出来。秋秋抱起小麻雀大步流星地跑回家，急忙从保健箱里拿出酒精、纱布、药棉，为小麻雀消毒包扎。然后找一个旧鸟笼放了进去，还给小鸟取了名叫"久久"。为让久久吃上最好的食物，放学后他忙到菜园、稻田和草地里巡回着捉害虫让它品尝。过了10多天，久久的伤痊愈了，也应该让它回归大自然与父母团聚了。可是秋秋对久久产生了好感，依依不舍。秋秋的爸爸隐约看出了秋秋的情绪。

星期天，秋秋正给久久喂食物。他父亲走过来，说："儿子，小麻雀的伤好了吧，是不是应该让它回家了，免得让它的父母找不到孩子伤透了心啊！"当秋秋的爸爸提起这事，秋秋眼前浮现了一件事——这件事让他后悔至今。

那是秋秋刚上学时，有一天下午放学后没有回家，就跟着三年级的好朋友明明到学校后山上玩，也没告诉家里一声。妈妈在学校门口接不到秋秋，像热锅上的蚂蚁心焦难安，班上的同学、学校的老师她都问个遍。到了晚上七点多，秋秋才悠哉游哉地走回家。爸爸看了极为恼火，拿出竹条高高举起，吓得秋秋呜呜大哭，竹条只轻轻地落在腿上。父亲粗声粗气地说："让你长记性，父母找不到儿女会有多伤心啊！"

"爸爸，秋秋知道要怎么做。"他的眼眶湿润了，又拿出最后几条肥硕的菜虫，让久久饱吃一顿，接下来提着鸟笼走到房前的大路上放飞。小鸟展翅飞翔，在离房子不远的一棵柳树上，久久头朝着秋秋和他爸，好像是在感谢救命之恩。

秋秋爸对他救助小麻雀的举动十分赞赏，他说，鸟是人类的朋友，能消灭农作物的害虫，鸣叫声还给人们带来欢喜和愉悦。人类要保护它们，与它们和谐相处。秋秋说："爸爸说得对，保护鸟类是我们的责任，解救被困的小鸟是我应该做的！"

第三辑——

爱拼才会赢

难忘军营村

一生与"三农"结缘的我，迁居厦门后，还念念不忘泥土的芳香，念念不忘农民的淳朴，念念不忘行走乡间的小路。军营村，我已向往多年，便拉上老伴随车同往。

我们离开了喧嚣的闹市和高楼林立的小区，小车行进在盘旋的山区公路上，从车窗里向外看，有种"扶摇直上九重天"之感。虽然只有60多千米的路程，却行驶了一个多小时，在陡坡尽头走了一段平路，路左边竖立一块花岗岩石头，镌刻着红底的"军营村"三个大字。军营村地处同安区莲花镇境内，平均海拔900多米，与茶区安溪县大坪乡接壤，面积12平方千米。这里便是厦门市距天空最近的村庄了，旧时挑夫肩挑重担，气喘吁吁地爬上岭顶，还幻想伸手摘片彩云当毛巾擦汗呢。

走进军营村，举目四望，这里似一轴水墨画，小桥流水，四周林茂竹翠，山泉溪河从村中流过，河两旁一幢幢新楼有序排列，尽显美色，犹如桃源之境，陶冶着人们的心灵。

夜晚，我们住进一家民宿，三层楼房，依山傍溪，地基从溪边砌起，设计合理，不亚于城里的高档酒店。晚餐是主人亲自下厨做的一桌特色农家菜肴，有适合老年人的当季红米粥、红薯等杂粮主食。农家菜有爆炒草鱼片、油炸泥鳅、酱油水溪虾、清蒸南瓜、肉丝炒丝瓜以及鲜嫩菜蔬，别有一番风味。

夜幕降临，凉风习习，寒意加重，如果选择酷暑来山上避暑绝对是不错的选择。这时路灯、霓虹灯、彩灯齐放异彩，山村如同白天。一家人漫步在水泥大道，尽享天伦之乐。村中心广场有一个戏台，活跃着农村文艺生活，不时举行文艺演出，既有外来文艺队伍，也有本地南音和歌仔戏爱好者。据说，当晚7点举行主客联谊晚会，热闹非凡，孩子们留下来凑热闹。老两口从广场返回住处时，高老板已在大堂摆开茶具，烧着水，准备泡工夫茶了，他热情地邀请我们喝一杯香茗茶。已经先一步入座的是一位台胞郑老先生，来自桃园县，也是今天上午入住的客人，他正咨询主人，问："军营堡，啥时候改为军营村啊？"

"改革开放后才改为军营村。"高老板说。

原来郑老先生祖籍南安，他听祖籍的宗亲说起先祖郑成功为收复台湾，出征台湾前曾在这里扎营练兵，才慕名前来的。郑先生激动地说："军营堡翻天覆地的巨变，我回去一定要祷告郑成功先烈'今非昔比'啊！"

夜里静谧山村，置身在这高山天然氧吧中，旅途的劳顿荡然无存……

"喔，喔，喔——"打更的公鸡催人早起，湿润的晨雾笼罩村庄，清晨的微光中，鸟儿在枝头翩翩起舞，清脆悦耳的鸣叫声如同一首动人的交响曲，让人心旷神怡。春暖花开的季节，路边花草争奇斗艳。红紫黄白三角梅齐放异彩，桃李争相报早春，梅花自傲"俏也不争春，只把春来报"。泥土味伴着花香扑鼻而来，高山之巅的小山村一派祥和。我和老伴沐浴山风，在小溪旁石砌的堤岸上散步，流水潺潺，清澈见底。小鱼不甘寂寞，晃头摆尾，早早游出洞穴，自由自在觅食，无人打扰，美好生活，人与自然和谐由此可见一斑。遇到同住一家民宿的市内Ｋ女士正在溪边一块平板地打太极拳，她打过招呼，说："高山空气新鲜，喝着甘甜的山泉，品尝无公害的果蔬，我住了二十多天还不过瘾呢，以后我还会常来这里住的。"

身处美丽乡村令人陶醉。我和老伴绕着四通八达的村道，东走西窜，所到之处，环境优美，道路干净，烟蒂不落地，垃圾无踪影，就连农村用量最大的大小塑料袋也难得见到。对于酷爱清洁卫生的老伴感到不可思议，突然问我："农村还见不到垃圾呢！"

正当我们困惑时，前面村道的拐弯处冒出一个穿着环卫制服的中年妇女，在那里挥舞着竹扫，像写人字似的一撇一捺操弄着，将路面上的垃圾打扫干净。老伴走上前，与她打了个招呼："辛苦啦！你是负责打扫卫生的？"

"是的，除打扫外还收集每家每户门前的垃圾桶，也要指导农户垃圾分类，刚开始时间花得多些。"

"老百姓会听你的话吗？"老伴疑惑地问道。

"政府花钱为咱老百姓办好事，哪有不听的理呀。"她自信地说。

我内疚地对老伴说："我在农村工作40多个年头，下过基层，蹲过点，也花气力整治过农村环境脏乱差都没成效，而今靠一支队伍，一个垃圾桶，两水（雨水、污水）分流，垃圾分类，定点定时收运，农村的脏乱差却从根本上改观了。"

"新时代营造好环境，现代生活好，人的精神爽。"老伴说到了点子上了。

我们来到一户农家新建的三层小楼前，有座竹架搭的瓜棚。主人正在棚架下修剪藤蔓。闽南有句俗语"换种子赢过做生意。"，很有几分道理。"我家原来是全村出了名的困难户，后来引进茶叶良种到近邻的安溪大坪乡学习制茶技术，还引种蛇瓜新品种，赚了钱，脱贫致富了，盖起了这幢三层新楼。"主人说的蛇瓜，为一年生攀缘草本植物，有促进消化、降血糖等功效，过去闽南没有，是很不错的新型果蔬新品种。嫩瓜期，蛇瓜的表皮有白绿相间的条纹，看起来似白花蛇；成熟的蛇瓜表皮则呈现红绿相间的条纹，似红花蛇。那座瓜棚里，硕果累累，左手牵"一条"，右手捉"一尾"，"咔嚓咔嚓"留张田园风光照，煞是好看。

在村部广场前设有一排简易的菜摊，适应村民现代生活的需求。本村的菜农赶早采摘各种各样的蔬菜上摊售卖，我没想到高山上的蔬菜会这么鲜美可爱。霜冻的芥菜，鲜嫩的大蒜，浓绿的花菜，还有第一茬的小白菜……这些新鲜的蔬菜好像都没睡够，就被从一个一个菜地里叫醒，赶到菜摊上来的。它们全身都挂住一颗颗水珠，泛着晶莹透明的光泽。老伴很风趣地说："这不是城里菜摊卖菜人撒了水的缘故，那绝对是昨晚上的露珠呢。"

一阵突突声由远而近，一位骑电动车的屠宰户载着流动肉摊卖肉，憨厚的脸庞露出耿直的笑脸，砧板上的土猪肉还冒着热气。老伴两颗黑眼珠紧盯着那个猪头皮，一问价，一斤6元，比城里便宜许多，而且还是货真价实的土猪肉，就毫不犹豫说要买。老板高兴地说:"有点残余毛渣,等会儿我刮干净,再送到你们住处。"我们就回民宿吃早餐,那老板不仅送来了刮净毛的猪头皮,还赠送了一副猪大肠给我们。他抱拳一拱说:"希望你们喜欢上军营村哦!"

如果说军营村像一幅画,那就是一轴美丽乡村焕发着新时代文明之风的水彩画。

大海的味道

　　世间万物总有一种味道注入我们的生活。走近大海，走近沙滩，大海的味道挥之不去。我们的生活充满阳光，有滋有味，幸福满满。

　　那天，高中老同学相聚厦门植物园，距我家不到 200 米，东道主非我莫属了。午餐，我们就近在环岛路一家海味餐厅斟酌对饮。酒过三巡，海鲜上了好几盘：龙虾、鲈鱼、石斑、扇贝……有焖有炒，有煲有蒸，盘盘离不开海产的芳香美味。地处内山深处的黄学弟突然问我："产海鲜的大海是啥味道呢？"

　　"海是啥滋味？"他这一问，让我思绪绵长，出生在内地山区里的我，长期与农民打交道，一生闻惯了泥土的芳香，不仅能闻出青草的清香和鲜花的花香，还能分辨稻香和菜香。而对于大海，我早先压根儿只在书上看过、听别人说过，小时没有亲眼见过，因此那种渴望和憧憬，就更显得格外热切了。

　　退休后我迁居海上有城、城中有海的厦门市，家离环岛路不远，面朝大海，背靠文屏山，不仅近邻有百年校史的厦门大学，四周还有知名景区环绕，更有幸处在鹭岛东南部海域的生态海湾。

不过，昔日的海边分布着一片片滩涂，滩涂上建有养殖场、垃圾场，还有晒盐场，人为筑堤养殖，滩涂淤积严重。近海还能见有人放菱捕鱼、电鱼、炸鱼，管理不到位。那时，上李还是一片荒芜，海边的主路已通车。我每天清晨迎着初升的太阳，有时徐步慢行，有时乘坐公交车到珍珠湾海边看旭日东升，感怀大海的恩泽。一阵阵海风拂面，大海的味道失去了咸腥味，而是怪怪的、难闻的一股臭腥味。特别是进入酷夏，海面似吹拂蒸腾的油烟，地面冒着白雾，踏进海边滩涂，污臭扑鼻。住在我小区的居民大部分是厦门渔港的老渔民，他们聚在一起无不痛心疾呼："救救大海，还我大海的清澈！"我也是游泳爱好者，常在海边游走，哪有不为下海一搏所动心呢。可是我问几位游泳爱好者："这里的海水发黑，脏兮兮的，能游泳吗？"

"在海里游惯了，就是脏，咱也无回天之力啊。"高老师无奈地说。

20多年前，一场自然资源与生态环境保卫战拉开了序幕，海岸线进入人与海生态和谐治理的新起点，一场没有硝烟的陆海环境综合整治战斗打响了。相关部门整治筼筜湖，陆续修建了西堤闸口、引潮堤，利用自然潮差纳潮吞吐动力（每天涨潮开纳潮水入湖，退潮时开泄洪口）实现湖水更新；治理绕岛海湾保留原生水面，大刀宽斧打开五缘湾、集美海堤，引水入湾，清淤活水，还留出大片湿地营造红树林公园，提高海岸一带生态活力，为万物求生存谋和谐，为市民提供了一处"城市绿肺"。

"污染症状在海中，病灶根子在岸上。"各级政府抓住根本——"截污处理是治理大海的治本之策"。我目睹了珍珠湾截污工程建设。挖沟埋管，填平沟壑，栽树种草做绿化；将污水和雨水分开，污水经处理后再循环利用。实现海湾"水清滩净、鱼鸥翔集、人海和谐"的美丽景象。

难怪老厦门的渔民高兴地说："大海的味道回来了。"

生态好不好，鸟儿最知道。东方白鹳、黑脸琵鹭等珍稀鸟类，争相飞到厦门过冬。碧波荡漾的珍珠湾畔，游人和市民或散步健身，或下海游泳，乐在其中。

大海的味道再咋闻也解不了馋。傍晚，我喜欢踩着柏油路面，穿过环岛路，到木栈道的观海长木凳上面朝大海就座。有人说是观海，我更喜欢闻闻海的味道，坐在那里，海水有时汹涌澎湃，有时汩汩低语，海风吹拂，带来的微涩腥味又清新得沁人心脾，给人一副晴朗的心情。

终于有一天，在泳友们的鼓励下，我也跟着他们跳入大海遨游，大暑天凉爽身体，消退心中的燥热；严寒迎着凛冽的寒风在海里拼搏，勇气和毅力油然而生，不管风吹浪打，胜似闲庭信步，今日得宽余。

当我身上满挂串串晶莹的水珠上岸时，内地来厦客人激动地问："海水是啥味道？"

"咸咸的特殊味道呗，带有大自然的奇特清香呢。"

我终于明白了：海水的美妙味道，是大自然赋予我们的最美礼物。

爱拼才会赢

　　"爱拼才会赢"是林氏家族的一把戒尺上的训词。孩子犯错屡教不改，就交由族长训诫，除讲道理外手掌必须挨打 20 板，算是家族最高的惩戒了。

　　林天才被父亲送进林氏祖祠训诫已经一整天了，先是族长像背诵古诗词似的，将家族训词从头至尾朗诵一遍，林天才没有心思听……一直等族长高举戒尺开打，他才从沉思中惊醒，别看老族长年纪一大把，操持戒尺一点也不徇私情，不留情面，戒尺打在林天才的手掌，痛在父亲的心头，火辣辣地痛了一天。

　　林氏家族有一支竹板做的戒尺，长 40 厘米、宽 5 厘米，黑光闪亮的墨迹竖写着"爱拼才会赢"五个字，四边雕刻有装饰性花纹。"养不教，父之过；教不严，师之惰""爱拼才会赢"也成为家族的族训，世代子孙牢牢记着这句祖训，人才辈出：有民族英雄，有科学家，有远近扬名的商人，漂洋过海的侨胞更不在少数……从全国重点高等学府走出来的毕业生有十多位。

　　读小学五年级的林天才，还有一个读四年级的小弟林天成。其父对大儿子的名字非常满意，他寄希望于大儿子也能像那些名人一样光宗耀祖。可是，林天才并没有像父亲希望的那样，他自小对农活没兴趣，怕苦怕累，即使父母叫他帮个忙，也是能躲就躲，能避就避。有时妈妈叫他打个下手也总是翘着嘴，还会冲妈发脾气。读书不用功，作业不完成，只顾贪玩，上树掏鸟窝、下溪捉鱼摸虾却都少不了他。弟弟每次考试都在全班前三，而林天才每次都是全班倒三。

期中考那天，林天才上午背上书包却没去上课，连期中考也缺席。一直到晚上六七点，全家人都吃完晚饭，妈妈收拾碗筷进厨房清洗，这时，林天才高高兴兴地提着一串田鸡进门。父亲以为儿子迟回家是下田去捉田鸡了，这么短的时间还能收获多多，也很欣慰，问："哪来的田鸡？"

"到后山单季稻田里捉的。"天才回答道。

小弟问："哥，你上午没参加考试吗？"

"谁说的，多嘴多舌。"天才的脸一下子由阳变阴，生气地责问小弟。

"你们班同学说的。"小弟补充说。

母亲一听天才没有参加考试，从厨房冲出来，揪住天才的耳朵，骂道："死囝，连期中考都不考还跑去捉田鸡，你还不如田鸡，它们起码会帮农民吃害虫呢。"母亲一边骂一边从天才的手里夺过那串田鸡交给小弟，说："去，将田鸡放到门口咱家的水田里。"

父亲听说天才不参加期中考，料定这囝书读得不好，气得说不出话。母亲嚷嚷说："他爸，还是拉去交族长训诫吧！"

看来林天才挨族长的训诫免不了。第二天刚好是周六，母亲找出一件春节穿的蓝色汉装，脚上穿一双褪了色的万里鞋，父子一前一后一路没话。父亲心里很不是滋味，想得更多的是天才能不能承受20大板，能不能改掉毛病，变成好孩子，将书读好呢。林天才的心里痛苦万分，比自己小的小弟那么懂事，不说家务事帮衬父母，起码学习比自己好几十倍，如果自己的学习成绩能跟上去，父母也省操那份心了，往后自己找一份工作也容易些。他最懊恼的是挨20板手痛事小，自己在族人面前尽失颜面事大啊！

20世纪80年代末，《爱拼才会赢》这首歌唱响大江南北，林天才嘴不离这首歌，勇往直前。高中毕业，他以全县最优秀的成绩，被中国科技大学录取。

海纳百川的岛城

　　"海纳百川，有容乃大"，出自民族英雄林则徐的一副自勉联，也成了厦门人的口头禅。这句话真实地表达了厦门人所具备的优秀品质。据统计 2023 年 6 月，厦门常住人口 530.80 万人，外来人口达到了 271.5 万。这些来自五湖四海的外来人口，带来了各自不同的文化、丰富的风土人情和个性，让这座美丽的岛城海纳百川、海阔天空。

　　我经常乘坐的 87 路公交车，开车的冠师傅来自川北。他年近半百，浓眉大眼，待人和蔼可亲。八年前，他顺利应聘公交车司机。他认真干好本职工作，下班后又找老乡学习厨房安装和水电维修等技术活。历经几年的奋斗，现在一个月也有万把块收入呢。他的儿子初中毕业后学安装技术，一家三口生活得有滋有味。

　　一天早上，我在珍珠湾海边老榕树下，突然看到几个月不见的泳友——来厦打工的慕风。去年底，他要回老家江西赣州前告诉我："我要离开厦门了，在美丽的花园城市，生活了 20 多年，每天早晨能和泳友们下海锻炼，也可以散步健身，不舍啊。"问起离开的原因，他说是一起工作的工友，邀请他回赣州帮忙管理酒店。慕风当时也没有多想，就辞去这里的工作回老家。回去了5个月，他实在闻不惯内陆城市的味道。经原来单位邀请，他果断地回来了。

其实，安家厦门还真不只是国内或省内许多人的愿望，就连外国籍的客人也有不少慕名而来。我认识的厦门大学教授潘维廉出生于美国，1988年起担任厦门大学管理学院教授，他是第一个定居厦门的外国人，也是福建省第一位持"中华人民共和国外国人永久居留身份证"的外国人。潘维廉不仅是厦大教授，还是一位传播中国文化的热心使者。

他定居厦门还有一段故事呢。那天，潘维廉在中山路步行街散步，不小心将装有护照和工资的包丢了。他心急如焚，钱没了事小，护照丢了可就没那么容易补办了。他沿着走过的路寻找，好在包被裁缝师傅捡到，交还给了他。潘维廉无比激动，千恩万谢，当场抽出几张百元大票要给裁缝师傅却被拒绝。过后，潘教授才得知，裁缝师傅家里经济条件并不好，本人还得了癌症。

这是促使潘教授安家在厦门最主要的念想，难怪他逢人就说："厦门城美，海美，景色美，最美还是厦门人啊！"

国外客人在厦门安家又何止老潘一人呢，我小区附近创办30多年的岷厦国际学校，许多从国外来的任教老师也安家在此，成了永久的厦门人。

农家碱粽店

　　端午节吃粽子，高岭镇所在地的大榕树下，"农家碱粽店"不管是端午节或是平时，门前总是排着长长的买碱粽队伍。

　　店老板名叫童九香，她经营的碱粽店就地取材。九香包的粽子，外壳包裹的是山上竹林现采的竹叶，清亮且带有山林的芳香。核心原料糯米是自种的单季稻优良糯。浸泡用的碱是她前一年的秋冬季到山上砍割含碱性的杂木、野草晒干后烧灰，收集起来放在一个纱布里，再烧一锅开水把草木灰淋透。等待碱水完全凉透后，再把糯米倒入碱水中，浸泡一个晚上。童九香用纯植物碱制作的碱粽，市场少有，剥开一个煮熟的碱粽透明嫩透，蘸上蜂蜜，风味独到，吃起来香又甜，男女老少皆喜欢。

　　改革开放初期，村妇童九香遇上好运。有一年端午节，镇里举行龙舟比赛同时举办包粽比武，童九香夺得包碱粽冠军，脸上笑开了花。颁奖时领导无意中说了一句"欢迎你到镇里开家碱粽店"。领导说的话也许是无心，而九香却受宠若惊。

　　童九香平时话不多，想做的事看准了就默默去干，像酵母发面一样，很快膨发起来，她看到了碱粽的曙光。很快，她通过亲戚在镇里的大榕树下租了一间 6 平方左右的店面，挂上"农家碱粽店"招牌。她包碱粽轻车熟路，做买卖却一窍不通，但她靠的诚信本分，做粽精益求精，上门吃粽的客人络绎不绝，也有为单位食堂订粽做员工早餐或点心用的。她每天固定做 50 斤糯米，售完关门备料。

第三年的端午节，有一对法国大学的教授马迪和凯妮夫妇前来考察亚热带雨林和采访当地龙舟赛，路过农家碱粽店时，闻着粽香进入店内，用一口流利的普通话问："煮啥好东西，香气浓浓，真吊胃口啊。"童九香说："来得早不如来得巧，您有福啦。"她一边说一边打开锅盖，从热气腾腾的大锅里夹出一串碱粽，倒上蜂蜜，请客人品尝刚出锅的闽南碱粽。马迪边吹气边沾蜜，迫不及待咬上一口，连连说："OK，OK!"他三下五除二，一个拳头大的粽子下肚了，他不客气地问："能再吃一个吗？"童九香本就是一个好客的农妇，见了老外爱吃更是开心，说："吃吧，吃吧，就怕你们不喜欢呢。"马迪吃了 4 个，大喊："饱了饱了!"凯妮吃了 2 个，大赞这碱粽"太棒咯"，还在桌上放了 10 美元。母亲推辞坚决不收，说："从国外来咱乡下尝农家碱粽还收啥钱呢。"

童九香在镇上开办的农家碱粽店一炮打响，不仅名声大震，荷包也鼓了起来。在家乡当赤脚医生的儿子大志，看得眼馋心更馋，他建议母亲每天增加碱粽生产量，母亲却不同意，原料不足，劳动量增加，会影响碱粽的质量。大志觉得母亲有钱不懂赚太傻了，他辞去医生工作，找到初中的同学，到市里也开办起"正宗农家碱粽店"。开张半年，生意红火，门庭若市，后来植物碱来源出现难题，大志不管三七二十一，用工业食用碱代替植物碱，成本低了，碱粽品质一日一变。

大志的正宗碱粽店由欢天喜地变成呼天哭地，每天垂头丧气，一开门就要赔本。这时，三叔公到市里找大志，他请三叔公吃本店碱粽，粽子还没入嘴便有一股苏打味扑鼻。三叔公指着粽对大志不留情面地说："你这碱粽还能卖吗？"大志吐苦水，说："实属无奈呀，植物碱费用高，用不起啊。"三叔公顺带拿几个碱粽送给九香尝尝，她这一吃，吃出了满肚子火，大志唯利是图，偷梁换柱，做人不讲诚信，见利眼开的行为真给祖宗丢脸丢到家了。九香大骂了儿子一顿："没良心赚钱，兔子尾巴长不了。"

一年多后，大志的正宗碱粽店倒闭。九香将儿子叫到镇上的农家碱粽店，说："做粽先做人，真诚待客，工夫到家，价格合理。从今天起我该退休了，农家碱粽店转让你经营。"大志成了法人代表，接手农家碱粽店，母亲掌舵，放手让儿子经营。

过日子就像这碱粽一样，刚包时虽然有糯米、碱等混合，色不协调，质不到位，锅里煮的时间久了就会变得清亮纯正。这就是我们农家碱粽店一天最多只卖 50 斤碱粽的道理。一天就能包这么多，贪多了味道就不纯正。与人之事，不过如此。粽香，味纯，最好。

农家碱粽店越办越红火，碱粽飘香，诚信花开。

抬　杠

前进村村主任大名篆泰甘，当地老百姓却习惯叫他"专抬杠"。提起篆泰甘这个人倒在农村实行联产责任制的时代，曾全县出足风头。其实篆泰甘的外号还是他父亲亲口赏赐的。

篆泰甘的父母生下两子，泰甘比小弟泰学大两岁，外向型，好说话。小弟沉默寡言，内向型，脑子聪明，记忆力强，加减乘除精得很，面对数学科的难题，小弟是大哥的课外辅导老师呢。父亲每每看见这个场面，就要骂泰甘两句："同样吃一锅饭咋会喂出你这么蠢呢？"

"爸，谁叫你聪明的基因都给了小弟呢。"泰甘不服气地顶了回去。

难怪你小子学习不好，除了会抬杠，还会啥？你看小弟不说话，脑子里都不停地学习、记数呢。

高考时，泰甘政治成绩不错，败在数理化，没有上录取线，父亲自小就不看好篆泰甘，认为不是吃公家饭的料，泰甘不想外出，只好留在农村当父亲的助手。趁父母还身强力壮，地里的活不需要小孩参与，父亲动员篆泰甘外出打工或是学习一手技能。

篆泰甘安慰父亲说："我是种田的命，小弟是读书的命，有我在身边陪伴你俩到老，难道不是福气吗？"

"真没出息，你怎就不向你小弟学习呢。"父亲嗔怒道。

"将来农村建设得好，城里人想来还不让呢，广阔前途不可估量啊。"泰甘意味深长地说。

"你就会抬杠，这回来真的了，十几年书白念啦。"

篆泰学高考夺得全县理科状元，被重点科技大学提前录取了。篆泰甘的父亲甚感满足。

党的十一届三中全会公报像春风吹醒沉睡的山村。有一天晚上，生产队召开户主大会，泰甘替父亲出席，会上队长提出生产队集体果园长期亏损，要选一位认真负责的场长管理，尽快实现盈利。社员你看我我看你，大家心知肚明集体果场亏的原因，就是不点破：即使选出再负责任的场长也是远水救不了近火。篆泰甘沉不住气，站了起来劝队长说："我看就不要再由集体经营了，还是讨论一个承包方案，公开招标，谁上缴生产队钱多就让谁承包，只有这个办法才能救生产队果场的命。"

篆泰甘的意见正中多数社员的下怀，支持的好几个。队长却打断了社员的话，说："泰甘啊，你这不是和队长抬杠吗？"会上，支持泰甘的人和支持队长的社员激烈地争论起来，吵吵嚷嚷持续到半夜……

篆泰甘和生产队长抬杠的事像一阵热气流，迅速传遍公社和县上，泰甘父亲指着他的鼻子骂道："你这臭小子，惹祸咯，你在家里和老爸抬抬杠，我拿你没辙，你也别把杠抬到外面去呀！"

有一天，一位身材魁梧，穿着朴素的中年汉子带着一位青年专门来前进村找篆泰甘。那位汉子从身上掏出一封皱皱的信封，里面是一张签了 10 个人姓名的白纸，还押上了红红的指印，他说："你们要求联产承包的事，目前县里还没接到正式公文，经县里研究你们队可以先行一步，试验成功就推广。"篆泰甘无比激动。

过后，篆泰甘听乡里领导说那位汉子是县委的阎书记。篆泰甘有文化，肯学习，站在开放改革浪尖上，能为群众办实事、办好事，在村委班子换届选举时被选为村委主任，带领前进村的老百姓脱贫致富，建设社会主义新农村。

一物降一物

　　大专毕业生郑大卫被分配农村小学任教，又在当地与勤劳俭朴、以善为本、待人热情的农妇林蔚结为夫妻。林蔚没读过书，结婚后两口子和睦相处，恩恩爱爱，三个孩子也很出色。

　　大卫在家里只管教林蔚识字和三个孩子的教育，每月工资如数转交老婆。在外林蔚给足大卫面子，家里大小事她理得井井有条，乡下有她这样见多识广的农妇实属罕见。就说当时乡下的医疗条件，老百姓患病鲜有上医院的概念，多数能挺则挺，能挨则挨，最经常是到田边地头顺手拔一些青草放进瓦罐煮水喝几碗，或请村里那位受过短期培训的赤脚医生开几粒西药。林蔚认识青草几篓筐，用起来像吃饭配菜。农村人生病不叫病，叫寒气入侵或火旺攻心。家里大人小孩七八口子最常见的病是肚子痛和感冒。林蔚将青草归为两大类，一类用于驱寒的，一类用于降火的。如常见的散寒草、艾叶、茴香等就用于发散寒气，鬼针草、马齿苋、车前草等就用于消炎降火的。林蔚的一物降一物在农村小病小痛中还是相当管用。

　　郑大卫退休后，两老守住了祖上留下的老房子，老伴离不开黑土地，种瓜种菜、养鸡养鸭图个乐。儿子大学毕业后，在城里找到了工作，一时买不起新房，只好在城中村租了一套便宜点的三楼三房一厅，有了孩子后，郑老师夫妇被儿子接进城同住。

城中村空杂地多，她将没有被绿化的规划起来，用心将空地整理成畦，分门别类，有种花栽草，种菜栽瓜，收的实物主动送给孤寡老人或出不了门的本小区居民。林蔚的行为受到小区居民的赞扬，郑老师有失眠的毛病，晚上被耗子折腾得睡不好，让林蔚很是操心……

一天傍晚，郑大卫和老伴在大街上散步，走着走着就觉得后面有什么跟着，老伴驻足回头探个究竟，原来是一只脏兮兮的小黑猫，一看就是一只流浪猫。

郑大卫两人在前面走，小黑猫在后面跟，他俩慢慢走，它也慢慢走。老伴停下脚步，拉了一下老郑说："咱住的房子正在闹耗子，有办法啦。"

"啥办法？"

"一物降一物呗，请小黑猫帮咱灭鼠。"

"好主意。"郑大卫犹豫地说。老伴立即走近小黑猫，并和它热络了起来，招招手算是打了个招呼。

小黑猫就这样亦步亦趋地跟他俩回到了住的那幢楼下，林蔚加快步伐上楼回家给猫找点吃的，然后又砰砰砰下楼，把小黑猫引到楼梯下边，将盛食物的小盆子放在僻静的地方。小黑猫大概饿极了，毫不客气地大口大口进食。第二天，郑大卫早早到楼梯下去查看，小黑猫还在。于是，林蔚又给补充了食物。两三天后，小黑猫依然没有走，还在那里吃着林蔚给它定时添加的食物。

过了一周，邻居都知道郑老师捡回一只小黑猫，并且在这幢楼定居安家，大家都有灭鼠的愿望，于是小黑猫的生活便越来越好了。自从这只小黑猫在楼梯的隐蔽处住下后，这栋楼再也没有遭遇鼠害了。邻居们在夸赞小黑猫灭鼠立功的同时，也总不忘感谢林蔚为大家做好事。

底　气

"我是你的底气。"这是潘彤经常对男人说的一句话。

20世纪90年代中期，农业部门在花卉走廊创办一家无土栽培现代化工厂，毕业于农大的潘彤任该厂的技术总监。强将手下无弱兵，七八个助手都是大中专院校的毕业生。有一位农校毕业的技术员叫陆艺，高高的个子，浓眉大眼，五官端正，白皙的皮肤，健壮的肌肉，是女生心中公认的的帅哥。他能吃苦也肯干，而且不计较个人得失，是年轻技术员的佼佼者。可就有一个不足——办事缺乏果断和勇气，近30岁了还一事无成，包括自己的婚姻大事。

陆艺尊称潘彤为师姐，很快师姐变成"阿姐"，而潘彤也真像姐一样，在技术上毫无保留地指导他，一段时间后，他的业务进步很快。在生活上，潘彤也无微不至地关心他，连洗衣做饭也帮着干，两人在相处中擦出爱情的火花。不过，一事无成的陆艺想追又不敢，最终还是潘彤以坚定的口吻，说："你缺的底气我给你。"捅破了一层薄纸，最终两人携手走进婚姻的殿堂。

陆艺在组培工厂只是一个打工仔，没能考上端"铁饭碗"

的事业编制，妻子却端着"铁饭碗"。这天，陆艺谋划着创办一家种苗场，犹豫不决。潘彤拉起他的手，说："我是你的底气，你想干啥就干啥。"有了妻子这句话，陆艺下决心跳出组培工厂，租了100多亩的山坡地创办自己的种苗场，培育花卉苗木。倒春寒一场霜冻，不少苗木被冻死，加上市场不景气，培育苗木严重亏损，赔了几十万元。陆艺荷包不涨头涨，吃不下睡不好，眼看一天天瘦下去。妻子潘彤却不火不恼，气定神闲，冷静地帮丈夫分析原因，寻找补救措施。

几年后，柑橘产量成倍增长，一时出现产品积压。陆艺一筹莫展时，潘彤紧紧拉住陆艺结满茧的粗壮大手，说："我是你的底气。我替你拍产品上网推销水果。"潘彤脑子灵、长相美，一口流利的普通话，拍了抖音推广。果场的产品放到网店上面售卖后一炮打响，一箱箱优等柑橘销往全国各地。

那天，原来在组培工厂的同事来陆艺果场买柑橘时，问："你的事业是咋发展起来的？"陆艺想了想，意味深长地说："老婆那句'我是你的底气'就够了。爱你的人，知道你的软肋在哪儿，就想变做你的铠甲，成为你的底气。"

美丽乡村是我家

170

豆豉脯袂发芽

　　"豆豉脯袂（不会）发芽"是闽南流传很广的一句俗语。豆豉镇豆豉师傅黄大仙靠经营祖传秘制豆豉脯远近闻名。豆豉是我国特产，按原料可分为黑豆豉和黄豆豉，按盐分有咸淡豆豉。黄氏用的是黑豆，制作全程采用传统纯手工操作，包括浸泡、蒸制、发酵、晾晒、腌制等多个环节，产品外表虽黑不溜秋，却油润发亮，口感绵软，豉香浓郁，令人回味。

　　黄大仙有两女一子，他主张祖传豆豉脯制作传男不传女，无奈儿子黄清明对此一点都不感兴趣，不学老父这一套。七岁入学，他吊儿郎当，旷课逃学，功课跟不上，作业不完成，却下河爬树无所不能，整天耍枪舞棒。邻村有一家杂技团经常光顾这里，他慢慢喜欢上习武。武术教头倒是十分赞叹，夸他说："好苗子，只要能吃苦必定可成大器。"日子一久，教头的女儿把这小子当成亲兄长，关怀备至。

　　有一天，黄大仙当着本村富户周老大的面教训儿子，骂道："你这不争气的臭小子，好好的大道不走，看你以后去喝西北风。"周老大鄙视地顺口补上一句："穷人哪有富贵命，豆豉脯袂发芽!"这句话一出,深深地刺痛了黄大仙父子。黄清明当时就狠狠咬破下嘴唇,这句话也鞭策着他刻苦学艺。在邻村杂技团跟班三年后,他被国家武术队教练相中,选入国家武术队。水到渠成,终于在20世纪70年代初,黄清明参加国际武术锦标赛夺得金光闪闪的金牌。

虽然黄大仙没有直接传授豆豉脯制作技术给女儿,两个女儿也不输男子。她们认真跟班劳作和学艺,挑重活脏活苦活累活帮父亲做。五年后,两姐妹都能独立完成整个制作流程。最终黄大仙放下包袱,毫无保留将豆豉脯最关键的技术传给女儿。豆豉脯加工厂移交大女儿经营,顺风顺水,越办越好。二女儿还创办了豆腐加工厂,两个厂你追我赶,共同发展。她们同时给小弟经济上支持,走出大山从事自己喜欢的事业。

秋高气爽时节,黄清明佩带金牌衣锦还乡时,黄大仙喜不自胜,亲自登门请来已经80多岁的周老大。

此时的周老大家景不好,原有钱财被三个儿子掏空,好在唯一的女儿是全乡有名的孝女,将老爹接去家中照顾。周老大虽然白发苍苍,腰弯背驼,但拄着一根拐杖,还能在村里走动走动,絮絮叨叨,评头论足。黄大仙请客,12道菜肴都具闽南菜系风味,一道比一道出色,最后端出的一碗,黄大仙站起身喊道:"请豆豉脯上桌。"客人眼见活色生香的豆豉发芽特色菜,齐齐惊叹:"怪!怪!豆豉脯也能发芽。"

"我儿子不是豆豉脯,而是绿豆,当然会发芽了!"黄大仙哈哈大笑说。黄清明没有等父亲把话说完,就倒满一杯家酿红酒,直奔周老大。只听清明说:"请接受小侄敬老先生一杯,感谢您 20 年前一句'豆豉脯袂发芽',激发了我去拼搏奋斗,夺得世界冠军!您功不可没呀!"

周老大一双眼瞪得大大的,嘴唇抖擞了半天,服气地说:"人毕竟不是豆豉,还是冠军胸怀大啊!我服了,我服了。"

木饭桶流香

　　我说的"饭桶"，不是闽南话称笨人的"饭桶"，而是专门用来蒸饭的厨具。那天，一家人前往土圆楼途中，午饭在书洋镇的板寮村路边品尝农家饭。饭店采用土灶加木桶蒸大米饭，即使远在路边，我也能闻到清香的米饭味。

　　一只大饭桶，勾起我一段回忆。老家地处偏僻小山村，林木资源丰富，虽然距集市路途遥远，但家里需要的农具、家具就地取材，请木匠师傅来家里加工。村里为数不多的"半桶水"木工，会加工些简单的木桶，我父亲就是其中之一的"快手"。"三下五除二"，他制作的木桶外观粗糙点，虽不美观，却坚固耐用，左邻右舍乐意请他做，他也乐意帮忙。

　　家家户户必须有的饭桶，在没有塑料、钢筋的年代，虽然有陶瓷钵可以替代，但木饭桶更方便，不容易摔破还能就地取材。在我少年印象中，那年秋收后，母亲告诉父亲家里饭桶坏了，农闲有空做个新的。父亲立马答应，第二天一早，就坐在门口大埕上鼓捣着饭桶。父亲翻遍墙旮旯找来七八片杉木板，根据饭桶的高度，将长的木板按尺寸截好，抛光；还找了两片寸把厚的杉木板，做把手的两片板要厚，放在直径对称处。每片木板的两边要有一定斜度，并插上竹钉圈成圆形。再拿来竹篾编成的桶箍，箍在饭桶外面上、下部。加工各种木桶最难的工序是箍桶底的那圈篾箍，太紧了很难箍上去，太松了箍就不起作用。蒸饭用的木桶桶底要有序地凿些孔通气，而单纯装饭的饭桶就不钻孔。最后一道工序，父亲拿来预备好的湿锯末屑，一撮一撮塞进桶板与桶底交界的缝隙里，我好奇地问父亲："为啥要塞锯末呀？"他边塞边嘟囔："有缝隙装稀饭，饭汤漏哩。行了，行了，大家看一看我的手艺，可好！"

那次父亲做了两个饭桶，一大，一小，小的饭桶是日常装饭上餐用的。

我知道，自从父亲做了那个蒸饭的桶，却很少用，那时农家能用蒸饭桶蒸饭的屈指可数。我家大多是煮地瓜稀饭或芥菜粥。一直到了20世纪80年代，农村包产到户第一个年头，我家粮食大增产，金灿灿的谷子堆满仓，冬至一到，全家人特别高兴，父亲大声对我妈说："拿出蒸饭桶来，如今可以吃上干饭了。"大哥早就等不及了，没等秋谷全晒干，就背了一袋谷子到大队碾米厂加工。他拿着白花花的大米急着回家，妈妈洗了足有五六斤大米投入蒸饭桶……当她掀开饭桶盖，香喷喷的气味满屋飘香。我一眨眼吃下两大碗，肚子已撑得不行了，还再去装小半碗。

这就是生活的味道，难怪当年农村相亲，要先瞧瞧男方住家，包括厨房木饭桶。不过时至今日，农村难以见到木饭桶了，会箍桶的人越来越少，取而代之是油漆桶、塑料桶、钢筋桶……五花八门。但我还是思念家乡的木饭桶，来自大自然，土香土色，虽然"笨"一些，却最易勾起我一缕乡愁——知根知底，一股隽永的杉木香。

彩 头 粿

彩头粿是菜头粿的闽南俗称。彩头粿是用大米加萝卜为主要原料做成的米粿，萝卜闽南话叫"菜头"，寓意"彩头"，"彩头"与"菜头"同音，许多商家为博个好彩头就写成"彩头粿"。粿是闽南地区一种有名的传统美食，凡是用糯米、黏米（含粳米和籼米）及薯类、杂粮加工制成的都称为粿。粿做好后要蒸熟吃，还有蒸蒸日上的意思，这就是闽南人更有韵味的"粿"文化了。

我的老母亲生前是村里很出名的制作粿品能手，各式各样的米粿、软粿、杂粮粿都不在话下。那时代农村经济拮据，自种的粮食不够吃，孩子又多，她就经常变着法子以少许的米掺上各种杂粮、蔬菜、野菜、野果制作成各种味鲜好吃的粿，如清明节的鼠壳草粿，端午节的野艾米粿等等，尤其经常做的彩头粿，做得特别可口。最好吃的要属菜头粿了。彩头粿以米浆和白萝卜为主要原料，蒸制成粿，再切块，经炸制成洁白酥软，异常美味。儿时，每逢萝卜收获季节，应时的彩头粿可以让我们一家子大饱口福，在很长的一段时间里，我们以彩头粿果腹。以前的乡下粮贵菜贱，贫困家庭，最常吃着粮菜搭配的菜饭。彩头粿实际上也是一种变了花样的"菜饭"，它承载了我儿时太多的回忆。

彩头粿用少量自产的籼米和萝卜就能制成，但是制作的工序也不简单，每个环节都很关键，稍微不注意就会影响粿的品质和味道。最重要的是把控"四关"。

一是选米关。妈妈制作彩头粿的独特之处，是每一次做彩头粿，不是随便从米缸里拿出米，而是一定要挑选单季稻的籼米，韧劲足、口感好。选好米提前6小时用清水浸泡。磨米浆有两种石磨，小石磨只要一个人，既推磨又放米比较费劲。大一点的石磨要两个人配合，圆圆的石磨侧面安着一个木柄，木柄上连接着"T"字形的木杆。横杆上系着一条粗麻绳，麻绳固定在屋顶的横梁上，作为支撑点。推磨的人双手把握住横杆，做反复推拉动作，石磨就飞快地转动起来，另一人坐在石磨边高凳上，手握勺子舀起带水的米，避让着旋转的木杆，眼疾手快地往石磨窟窿眼里投放。米和水经过碾磨，米浆沿着磨盘的凹槽汩汩而出，汇成雪白的米浆流进石磨下方接米浆的桶里，大米的清香也就在空气里四溢开来。

二是放米关。每舀放多少水和米直接影响彩头粿细腻度和口感，水舀多，米放少磨起来省力，但米浆粗。米舀多，水放少，费劲，米浆细。控制恰好的米和水是保证米浆粗细，口感好坏的重要措施。光是磨米浆、磨萝卜浆泥这两道工序，就已经很费时了，对人的体力也是一个大考验。磨好的米浆按一定比例加入萝卜浆泥。

三是调味关。彩头粿的调味通常有两种做法：一种是直接加入适量的盐、味精等调味料和木薯粉，搅拌八分钟直至浓稠成粿坯再放进蒸笼蒸熟，此法口感和咸香味道略差一些。我妈妈的拿手制作是锅烧热，放入猪油、虾皮、切碎的葱头、香菇入锅翻烧，后加葱花、味精、细盐等调料，再倒入米浆和萝卜浆泥，用煎匙慢慢搅拌以防粘锅，成粿坯后立即舀进底垫上蒸粿布的蒸笼中，继续用棍子搅动，排出粿坯中的空气，盖上盖子开始点火。

四是火候关。为确保彩头粿的韧性和口感，我妈妈经常在傍晚开始蒸彩头粿，而且使用柴火灶，容易控制火候，烧火近半夜才停火，蒸 8 个小时至熟透，然后利用余热保温至第二天早晨起锅。冷却后再将彩头粿切成小块，用油煎成金黄色，外皮酥脆，内里柔软香甜。这种独特的口感，让我对它情有独钟，百吃不厌。难怪北京的小外孙每到南方念念不忘要吃彩头粿。

随着社会的发展，这款最便宜、最简单的彩头粿，不仅没有被淘汰，还成了传统、经典的福建闽南美食。通过一带一路美食交流和闽南人的智慧创新，彩头粿的种类日渐繁多，用料更为考究，制作更加精美，例如加入香菇、虾米等海产品配料的彩头粿，则更具营养和咸香风味。

具有浓郁乡土味的美食彩头粿，也成了闽南人乡愁和味蕾的记忆。

李大成与稻花鱼

大坪村地处山区，是全县出了名的贫困村。自市渔业局安排科技扶贫干部杜站长驻村后，这几年稻花鱼成了这个贫困村的赚钱项目。稻田养鱼对水质要求高，鱼主要吃稻花、浮游生物、杂草等，不需要喂饲料。与鱼共生的水稻不打药、不施化肥，游弋水中的鱼能松土、摄食害虫，粪便还可肥田。稻田里养出的鱼品质优良、肉质细嫩，味道鲜美，深受人们青睐。

秋分时节，稻香鱼肥。入秋后，家家户户的主要劳力就下田捉稻花鱼了。城里有一家饭店的特色菜焖稻花鱼，发了财，每年八月老板高升就派李大成上大坪村收购。

"收稻花鱼啰！"吆喝声在山野回荡了好久，但没人来卖。李大成来到王秀鹃家，问："妹子，你家稻花鱼卖不？"

"咋不卖啊，孩子还等这钱上学呢！"王秀鹃说。

"那就下田去捉来卖呗，今年比去年每斤高出两角钱。"

"太低了，不卖。"

李大成一连跑了两三家都是如此。

李大成赶紧拿出手机给高老板回话："今年物价涨了，你出的价太低，大家不卖。"高升原本也是乡下种田农民，进城当了包工头，赚到钱，如今自己开饭店，有房有小车，当上老板。高升说："好，你就每斤加五角钱，再不卖就算了。"

李大成再次来到大坪村，听到这收购价格合适，村民纷纷下田捉稻花鱼出售。很快，李大成带的现金就用光了。他说："乡亲们，我带的现金用光了，信得过我就打个欠条行不？等我给饭店结了账，我就马上回来还钱。"

"行哟，咋个不行？"李大成很感动，当天，李大担的稻花鱼就比往年多收了近千斤。心里一盘算，可以多挣上千元呢。

想不到，他将稻花鱼全部送到高老板的饭店时，高升说："我只能按去年的价格和你结账。""你不是同意每斤多五角钱收购吗？""是啊，我是叫你每斤加五角钱收购，可没答应每斤加五角钱要你的稻花鱼啊！"高升厚着脸皮回答说。

他们之间没有合同，连白纸黑字都不存在，李大成哑巴吃黄连，有苦说不出。要按去年的价卖给高升，自己不但不赚钱，还要赔工钱和运费。

李大成先将运回的稻花鱼暂寄在自家的暂养池。他把几年积攒的存款全部取出来，先付清赊账的农民，但远远不够。人们不满了，李大成不得不说出了高升背信弃义的事。大坪村村民替李大成打抱不平，村民没有再对李大成说一句不中听的话。李大成呆呆地望着大家说："要不让我再到城里找一找销路，看是不是还有酒店或饭店想要。"村民选了小邹、老陈两个热心的代表和李大成同行。

老陈是稻花鱼养殖专业户，他的养殖技术就是扶贫驻点的水产干部杜站长传授的。他认识杜站长的在市一家大酒店担任大厨的表哥。三人直接找上门，李大成一说有一批稻花鱼要卖，大厨可高兴啦，说酒店四处要不到货，大坪村的也已经被抢光了。大厨请来采购，当场拍板要了全部的稻花鱼，每天要多少直接从李大成那里提货，一时用不了就由李大成代管，另加饲养费、管理工资损失等，并要求大坪村年年供应稻花鱼。大坪村的群众不仅如愿拿到鱼款，还有固定的销售渠道，真是喜从天降呢。

李大成从此放弃鱼贩生意，在大坪村租了一幢闲着的民房和几亩水田办起农家乐，让游客观稻田养鱼，下田摸鱼，上桌食鱼。李大成有一手烹饪稻花鱼的绝活，你看他先将铁锅烧热，然后放适量的茶籽油，把姜丝、葱段、辣椒、大蒜爆炒至香味四溢，再把剖好洗净的稻花鱼放入锅内，待鱼身两面都炸至微黄时，加水上盖。鱼汤沸腾后，添加豆腐及少许食盐、酱油，再用小火焖熬 10 多分钟，就可以出锅了。稻花鱼用陶瓷大盆盛装，喝口鱼汤，鲜美至极，再品鱼肉，爽滑之至。

大坪村的老百姓把李大成当福星。村两委经过研究，上报李大成为扶贫先进个人，得到县里的表彰。

旋风送福

你听说过旋风能送福吗？这事被胡启星给碰上了。

五月的一天下午，一股旋风从滨河出海口的方向骤然刮起，路上行人远远地看到了一阵旋风。那旋风挟着树枝、枯叶、塑料制品和地面上的沙尘，浑然卷在一起，哗啦啦带着响打着转，以迅雷不及掩耳之势推进。沿海地区挟风裹雨，所到之处水泥电杆折断，屋顶被掀，天昏地暗。有时候还会房倒屋塌，形成灾难性恶果。其实，闽南话说的"旋风"，就是大名鼎鼎的"龙卷风"。

龙卷风过后，城市又恢复了安静祥和，距胡启星不远处的土堆趴着一条灰色皮毛滚圆肚子的母狗，也许被那阵恶煞神给刮晕了，还在不停地喘粗气呢。

收废品的胡启星60多岁了，做人实打实，靠自己聪明的脑袋将日子过得风生水起，算得上人生赢家。他身处农村，有一个幸福美满的家。儿子曾是市里有名的企业家，不仅老家乡下有一座楼房，在城里繁华地段也买了套房。可是天有不测风云，儿子企业破产，负债上千万元，将乡下和城里房产全部抵债，还欠人百多万元。胡启星教育儿子说："做人实为上，经商信为本，欠别人的钱要还，砸锅卖铁也要还。"儿子遭受无情的打击几乎疯了，在一次外出借款途中出了车祸。

胡启星料理完丧事，背负数额巨大的债进城靠收废品维持生计，继续偿还亲戚和朋友的欠款……

胡启星走近母狗，蹲下仔细查看，母狗全身还在发抖，四脚勉强能站立，却无精打采。他怜悯地将狗狗搂进怀里，两个不被牵挂的生命，紧紧地依偎在一起。胡启星抱母狗回到桥下临时住处，又上街给母狗买一大碗咸粥，再找几根大骨头先让母狗饱腹，当晚母狗产下两只小狗仔。从这天起，胡启星饱了就不会饿到三只狗，狗饿了，胡启星也饱不了。

胡启星进城靠收废品很快打开一片新天地。他将拾破烂当成一个产业来做，既能清洁城市的环境卫生，又能赚点蝇头小利。上门收废品，他从不克扣斤两，与居民和睦相处，广交朋友。大妈大爷也都乐意将家里的废品、报纸、纸箱交给他。他每天路过一家福利彩票点，都要花2块钱买一注福利彩票。一位认识的大妈笑问他："你的生活不容易，还想得奖吗？"胡启星乐哈哈说："我买的是福利彩票，不单是想中奖，更是对国家福利事业一点奉献啊！"

春暖花开，苦尽甘来，胡启星四口家庭生活得有滋有味，他家的负债有账可查，年年还一点，最后，压在胡启星心上的大石头落地，无债一身轻。三条狗狗也生机勃发，毛发油光发亮，活泼健壮，人见人爱。聪明的母狗能帮胡启星寻找破烂，有时带路，有时用嘴咬回废品。有时在街头，母狗叼着小盆打转，两只狗仔玩起亲亲嘴、背媳妇、脚撑地、倒立、后翻等小杂技，路人惊叹不已，纷纷把钱投进小盆。接着，好运随之降临，胡启星连做梦都不敢想，买的彩票居然中了二等大奖，实拿奖金400万元。他从中拿出50万元回乡下老家建一座三层楼房，剩下的捐献给残疾人基金会。

"天若有情天亦老，人间正道是沧桑。"人们说，上天有好生之德，暴风无情人有情，是好人总有好报。不信，你瞧瞧胡启星。

白城沙滩

白城沙滩是一片旅游和休闲的宝地。

沙滩的形成是大自然的杰作，由于有九龙江等内陆河流"无私"的输送，一些沙子颗粒物随河道激流来到大海，在潮汐作用下冲刷到岸边，日积月累，形成咱们现在看到的沙滩。江河水挟带泥沙是常有的事，滔滔黄河就是含泥沙量很大的一条河。早在唐朝，刘禹锡曾写了一首诗，诗曰："九曲黄河万里沙，浪淘风簸自天涯。如今直上银河去，同到牵牛织女家。"诗中道出了黄河水中含有大量的泥沙。海床下边的一些松软的贝壳珊瑚，随着海水的冲刷被破碎之后也带到海边形成沙滩。

我家距白城不远，因此，沙滩成了孩子游玩的乐园。一个风和日丽的秋日周末，我带小外孙再一次来到沙滩。有几位沙雕爱好者在那里埋头工作。有的挥舞小塑料铲铲沙子，有的提着小塑料桶从海边取水，就凭沙和水为材料，没有任何化学黏合剂，一铲一铲将散沙堆起来，再用铲子轻轻拍实。无须很长时间，一座像胡里山炮台的克虏伯大炮现形了。我指着沙雕问："宝贝，你可知道这是啥玩意儿？""姥爷，你小看我了，今天我就给您普及一下。那是一门大炮，名叫克虏伯，产于德国，却安置在附近的胡里山炮台。1937年，日军舰队入侵逼近炮台，大炮开火，克虏伯大炮不甘示弱一举击中'箬竹号'的腰部，在后来的几次保卫战中也立下了赫赫战功。"小外孙滔滔不绝地说。我表扬了他说："对，牢记历史，不忘国耻。"

我给小孙子科普了一下沙雕的知识——沙粒之间没有黏性。可是，把它与水调和后，用水作凝结剂就能成形，可以做出有模有样的坯子。

我俩转着，看到一位男生正在往一尊人头沙雕表面上喷洒特制的胶水加固。我问小孙子："这是何人的头像呢？"

"那不是仿鼓浪屿海边的民族英雄郑成功的座雕吗？"

"没错，你可知道郑成功的丰功伟绩吗？"

"我知道，郑成功是我国家喻户晓的民族英雄，他戎马一生，最大的功绩就是收复台湾，结束了荷兰人的殖民统治。"

经过世代的传承和累积，沙雕背后所蕴含的文化，是前辈们留给我们的一笔宝贵财富。如此，我们在沙滩游玩的时候，制作沙雕艺术品不仅仅是沙雕形象本身，还能通过与之有关的沙雕雕像以及诗文，回到沙滩景点的、艺术的现场，与大海和游人对话交流、产生共鸣。

到白城沙滩走走吧！细软的沙子或许会告诉你更多的知识……

助人为乐的母亲

我的妈妈勤劳俭朴又很会理家，人极善良，乐于助人。老家的旧厝虽然破旧却比较宽敞，妈妈在院子里养几只鸡下蛋，贴补日常生活所需。她常说："养母鸡省本钱，随便撒给它一些秕谷杂粮，自己找虫子和草吃就能下蛋。大院里能看到几只鸡鸭跑着，才有点农家气氛嘛。"

20世纪70年代，农民参加生产队劳动记工分，到年底才分红。家里养几只鸡成了独一无二的副业，母鸡下蛋可以卖钱，随时到供销社直接换油盐酱醋等日常生活用品。彼时闽南流行一句："鸡屁股所得。"许多商品是拿鸡蛋换来的，话虽糙，却在理。

摸鸡蛋是妈妈养母鸡的习惯。每天鸡要入栏时，她抱起母鸡挨个地摸鸡屁股。看有没有蛋，如果有蛋，她的脸上就会露出欣慰的神色，喜滋滋地说："明天有蛋。"全部摸过后便会说："明早有几个蛋。"八九不离十呢，久而久之母鸡没有被摸蛋还会站住等你摸它呢。

"妈，你是咋知道的？"起初我不解地问道。

"摸呗。"

"母鸡肚子里有蛋，能摸得着吗？"

妈妈就教我怎样摸蛋，我抱过母鸡摸一下肛门靠下方盆骨有两个尖，用并排的手指测量两尖的距离，如果有两至三个手指距离，就快下蛋了。也可用小手指在肛门下方两厘米处，会触摸到鸡蛋硬生生地堵在那儿，感觉很奇妙哦。

那年代，虽说是"鸡屁股所得"，孩子们想吃一个炒鸡蛋也不容易，唯独兄弟姐妹生日才能吃上。生日那天早晨，当你还在梦中，妈妈已经煮好两个鸡蛋，红纸染红了蛋壳成了红蛋，分配权归生日者。逢年过节或是家里来了客人，也能偶尔闻到蛋香味儿。我家养的五六只母鸡，大概十天卖一次鸡蛋，那时鸡蛋一斤一角多钱。高时一角五分，十天可集三次。

那一次，妈妈将卖鸡蛋的一块钱郑重交给我，让我去村供销社买盐和肥皂。当时供销社也卖书，五彩斑斓，我看上一本新出版的连环画《水浒传》，忍不住买下了。妈妈交代的我只买了一斤盐，回来被妈妈骂了一顿，好在父亲劝说："行啦，孩子买书又不是拿去乱花。"这才没有被妈妈"竹片爆炒肉丝"呢。

说来也怪，母亲对孩子要求总是很严格，而对弱势人群又出手大方。一个冬天圩日，母亲去赶集卖蛋，遇上一位山沟里衣衫褴褛的母子也去卖山货。搭腔中，她得知农妇的丈夫患重病卧床，花光了所有积蓄，还欠下一屁股债。回家路过我村，我妈特意邀母子到我家歇一会，喝口水。农妇看到院子里那群母鸡很羡慕，说："你家有这么多鸡真好。我早也想养，就买不起鸡苗，儿子今天生日连一个蛋都吃不上呢。"我妈盛了两碗稀粥让母子先充饥，又煮了两个鸡蛋，染红了蛋壳送到孩子手中，说："好孩子，苦日子会过去的！"母子俩激动得热泪盈眶，连说："谢谢！"

光阴似箭，时过境迁。有一天，一位英俊青年找到我家，问："阿婆在家吗？"我呼出两鬓斑白的老母亲来到他的面前。

"二十年前，我在你家过了一个有意义的生日，吃上了两个红鸡蛋，让我永生难忘。后来您又赠送我家六只小鸡苗，鸡生蛋，蛋生鸡，一养一大群。我家也靠养母鸡改善了生活。大学毕业后，我被分配到县一中任教，是特级教师了。饮水思源，今天专程来谢恩！"他向妈鞠了个躬。

我妈一拍脑袋，喜滋滋地说："哦，我记起来了，记起来了。"

虽说"鸡屁股所得"名堂小，这不，还出了大人才呢……

小数点之后

计划经济年代，生活物资凭票供应，生产资料实行计划分配。唐开义当上乡长后，找他签字批条门庭若市啊，他的老舅上门求他批一袋化肥，这可让他头痛了。

唐开义是我同村且是同班的同学，那时的唐开义不修边幅，衣衫不整，上课心不在焉，可他的学习成绩很好，数学稳拿全班第一，而且精打细算闻名全校。小数不论加减乘除都难不倒他，即使是小数后几位，加或减随你出题，他都能敏捷脱口答出准确得数，同学们佩服得五体投地，称他是数学天才。当时大米紧缺，我每星期从家里带米上学，到周末总要断炊。唐开义却能从牙缝里挤出剩下的大米借给我或同学。我感到奇怪，一点点米你是咋剩下的。他说："每餐一筒米下钵蒸饭，只装八分的米，多放点水，一周下来不就能剩米了吗？"我问他："每顿克扣那点米不就饿肚子了吗？""可不能小看那点点滴滴，积少成多，饿了忍一忍就过去了！"他风趣地说。

20 世纪 70 代初，唐开义在乡长的任上，直接掌握着生产资料分配大权，老家的农民遇见他都叫他："'笔会出水'的唐乡长。"难免有老乡、亲戚、朋友为私事来周旋。唐开义的老舅听说外甥当官了有权，他的自留地种晚稻，长势很好，正在孕穗期，如果能再施一遍壮尾肥，那稻谷增产就指日可待了。他不顾路途遥远专程来找唐开义，在家中苦苦恳求，说："老舅太多的东西不敢想，就批一袋百来斤的化肥指标吧，反正我是掏钱买的。"唐开义热情地接待，先安抚老舅住下来，亲自下厨为老舅炒了几盘菜，好烟好酒好茶，大肉大鱼款待。酒过三巡，正当老舅吃得眉开眼笑时，唐开义走近老舅身旁，用轻声细语却又异常坚定的口吻说："我这一乡之长写几个字确实管用，可眼下这化肥老百姓都眼巴巴地守望着，老舅啊，你说我能把它拿来做人情吗？这个口子我绝不能开的。"老舅碰壁了，撂下酒杯就走人。

　　唐开义在任几年，制订了一整套很完善的分配办法，上级计划下达的水泥、化肥、柴油等紧俏生产物资，由业务部门提出分配方案，领导集体研究决定。分管领导一支笔审批的方式进行分配，乡里从不克扣、截留一斤一两。上正下不歪，从乡分配到村，村分到户，一袋化肥要拆包，有的户领到15斤半，有的45斤8两，有的群众问："怪不怪，分配的化肥、柴油指标还带小数点？"有一次在同学聚会上，我顺口问唐开义："你的小数点理论在分配物资上还发挥作用哩。"他乐呵呵地回答说："小数点并不小，全乡几万人口加起来就是一笔大数呢。人民的利益再小也大啊！"

　　唐开义对群众普遍关注、认为有肥水的承包项目，如乡办柑橘场、南江大桥工程、乡企业的招待所、餐饮店等，均在乡两套班子扩大会议上确定合理的承包基数后公开投标。乡最大的工程南江大桥承包的标为 1250.825 万元，在乡两套班子讨论会上，有人提出取个整数，弄个小数点后三位干啥呢，1250 万太少，取 1251 万整不就赚了吗？唐开义却不赞成，他说："千万的整数好记没错，可是经过专家核算精准造价，进一位太高，承建单位亏了，退一位，国家将损失 8250 元，你说这个数目还小吗？"最后会上全体成员一致同意承包标的定为 1250.825 万元。唐开义的小数理论做到人民的利益数目小事大，国家的资金再少也是大事，马虎不得。

儿时蹭看那本书

小时候，我在外人的眼中性格内向，却真正属于"顽童"之类的一个小男孩，但凡新鲜的事或新知识，总想尝试"真相"一番，并且还要"真相"出花样来。

这些日子，大江南北感冒和新冠混合在一起，同样的发烧，同样的干咳，同样的嗓子疼，同样的脑瓜疼。怎么鉴别、怎么吃药、怎么保养，值得研究，那天早晨，我冬泳从海里起来，没有及时擦干身子，冷气入侵，不停地咳。"恐阳症"迫使我打开网络寻求答案，搜索到各种回答，不是专家就是亲历者，令人眼花缭乱。这让我想起读初中时的一套《十万个为什么》，我太想买，但乡下的孩子上学都困难，囊中羞涩。书虽然没买，但挡不住我去读去看《十万个为什么》的欲望。

当时我在华安二中读初中，这是山区华安县西半县比较繁荣的集镇，街道不长，银行、邮政、商业等服务业较发达，有一家国有新华书店和一供销社连在一起，比较气派。在那里上学三年，有三件事我经常溜出去做。一件事是溜到学校附近的乡政府大楼前灯光球场，看职工打篮球，有时那支球队缺人，我还会有上场替补的机会。打完球单位有食堂，还能蹭一顿晚餐呢。另一件事是溜到镇电影院去看电影，凭学生证一张票五分，有时去了赶上演了一半，没人把门，不花钱也可进去看上一半。第三件事是我最常做的事，溜达到书店，因为店里不买书都可以随便看。当然，也不能捧着书一看半天，那样即使是店员不说什么，自己心里也过意不去，有一种做贼的感觉。那时候我去了就从书架上抽出一本《十万个为什么》，第一本看的是植物卷，煞有其事地翻翻，在目录里看到会食肉的植物、会捕猎虫子的植物，立刻翻开找相关的文章。我出生在乡下，置身万千种的植物之中，却从没有听说过或亲眼见过会吃肉的植物。还有很多事我以前都不知道，比如捕蝇草还是很受欢迎的食虫植物。书中讲了许多关于植物的有趣的故事。我明白了许多道理，知道了人和植物、动物、天气有着密切的关系，要维护生态平衡，植物也是人类的朋友。《十万个为什么》好就好在：每篇文章都不长，特别适合偷读，每一篇文章只回答一个问题，不会重复，更不会前后矛盾。每次我在书店里看到新知识，返回学校就记在笔记上，那些笔记一直保留到参加工作以后。

我被《十万个为什么》这本书中不计其数的问题及知识吸引着，不能自拔，我认识到世界是那么丰富多彩，知识是那么益智有趣，它让我明白了科学就是力量，知识就是财富。

在长达三年的疫情防控中，我们大脑里的那根弦都绷得非常紧。这种病毒在人们的心目中如洪水猛兽，因此从个人到单位，包括每一个地区，会采取各种各样的措施，严防死守。期间，诞生了各类的码，诞生了核酸检测，诞生了抗原自测，诞生了疫苗，当然也诞生了一大批专家，涌现出一大批勇士，如此等等。在网络里一部《防控新冠十万个怎么办》，呼之欲出。

顽强的小蜗牛

小外孙吃过饭后，很不情愿地拿出单元考算术卷向爸爸交差。他记不清这是第几次考砸了，父亲一看试卷上那触目惊心的红叉和分数，火冒三丈。可是儿子却说，每一次都觉得自己已经尽全力复习到位了，但仍考得不好，说着还敲了一下后脑勺。

小外孙在放学回家的路上就对姥爷说了，难道我真的不是读书的料吗？我没有别人聪明？而根据我对小外孙几年来的观察和了解，他算是一个聪明的小孩，智商也不低，喜欢和动物交朋友，站在阳台上的花草和金鱼缸面前，他有时一待就是大半天，求知欲强，课外书也看得不少，背诵诗词的速度也快。小外孙最大的缺点是有点怕苦，没有耐性。

我在阳台拨弄花草，呼叫小外孙帮一把，拉到身边躲过惩罚，同时也想让他在劳动中有所醒悟。

小外孙离开怒气冲冲的父亲，脸上的阴云很快消散，主动帮我浇花，给蔬菜施肥。这时，一只蜗牛沿着阳台光滑的墙壁，缓慢地向上攀爬，两条触角摇晃着，仿佛在探寻前进的方向。一只黑蚂蚁气势汹汹地直逼蜗牛的螺口，那软软的螺肉极有诱惑力，眼看就要成为它的晚餐佳肴。小外孙举起一支树枝要把蚂蚁拨开，我阻拦说："别动，你就静下心观看，蜗牛可

以

第三辑 爱拼才会赢

有本事了，不必替它担忧。"

蜗牛头部有两对触角，后一对较长的触角顶端有眼，它先伸出那对较长的触手，张开眼瞧一瞧，看了看。又用下面较短的另一对有鼻子作用的触手，碰了碰狡猾的黑蚂蚁。笨蜗牛原以为是一只死蚂蚁，没想到经测试居然是活家伙，它避开蚂蚁继续向上。蜗牛缓慢地爬行动作，有着自己初始的目标——爬上阳台、寻找可口的食物、欣赏外面的风景。小外孙望着蜗牛弱小的身躯，喃喃地说："小家伙，阳台那么高，凭你这攀爬的速度，要爬上阳台得何年何月哦？还是省点力气吧！"我说："宝贝，蜗牛能听进你的好言相劝吗？"蜗牛丝毫没有放弃的样子，仍旧朝着自己的目标努力着……

那天十分闷热，一阵风儿拂过，一排雨滴落在阳台上，也打在了蜗牛身上。娇弱的它哪堪一击，瞬间滑落下来。看到它失败的样子，小外孙的头摇得像拨浪鼓。可蜗牛好像没事似的，依然没有放弃，而是缓慢地挪着瘦小的身躯，从头开始，继续向上……

一次，两次……它不断地被雨滴打落在地，又不断地重新出发。在历经数次失败后，它依然没有放弃。在小外孙视线的注视下，蜗牛终于冒雨登上了那原本遥不可及的阳台！此时，雨过天晴，一缕阳光照在它的身上，闪烁着动人的光晕。

小外孙高兴得手舞足蹈，高声为蜗牛喝彩。它虽然弱小，却一样能实现自己的奋斗目标。外孙投到我的怀里羞愧地说："姥爷，难道我还不如一只小小的蜗牛吗？"

"宝贝，你很棒，前进的路上必定铺满荆棘，只要有蜗牛那种顽强的精神，一步一个脚印，坚持不懈地努力，成功一定属于你！"

马　大　铃

　　我乡下有位好友姓马，名叫大铃。出生时父亲要起名，农村习惯先给新生儿算个命，说是命里欠"金"，"金"加"合"就变成"铃"了。闽南习俗叫某某人一般只叫名不带姓，马大铃上学了，老师点名，必须带姓叫，顺理成章成了"马大哈"。第一次叫，引来同学们一阵哄堂大笑，后来马大哈代替了真名。名字不过是个符号，与人的个性、习惯没有丝毫关系。无奈马大铃干事情拖拉，草率不靠谱，办事总丢三落四，马马虎虎，而且懒于认真检讨自己，常哈哈一笑了之。

　　高考那年，马大哈准备充分，原本考个本一不是问题，高考前一天他还骑自行车踩了点，7点半出发，8点到达考场，还能剩20分钟。到了考试那天早上，还是出意外了，自行车老掉链，他到学校已经8点15分，进考场要检查准考证，他愣是找不到。他急得大汗淋漓像个落汤鸡，待父亲从家里给他送来准考证，已经过了半个小时。马大铃心如乱麻，理不出个头绪。考完，他伤心地对我说："进大学无望了，回乡务农去，我这马大哈不碍事吧！"

　　改革开放，马大哈随大流也上山开荒种果，他找到一片土壤肥沃、水源条件又好的沙壤地，全部种上良种木瓜。木瓜易种好管，很快投产获得好收成。三年后，有几棵木瓜长势很差，没有一点生机，请技术员诊断结果是得了木瓜"簇顶病"，病源在植株内移动极慢，往往只局限在顶梢。技术员不仅说了，还进行示范，去掉木瓜患病的顶部，防止病灶扩散，就能恢复健康。马大哈听了，也会做了，可就在实际操作时老病根又犯了，把有病的植株尾部切掉了，其他的却马虎了事。过后，10株病树中只有技术员示范的那株是好的，马大哈自己处理的9株全报废啦。那几天，马大哈睡不好吃不下，火气上升，原来的蛀牙又痛了起来。

第二天一大早，马大哈匆忙来到牙科诊所。等待的人多不说，那洗牙的水流声、磨牙和拔牙的电钻声，真让他以为自己进入了装修工地。轮到马大哈看牙的时候已经快中午了，牙医还是很耐心地问他牙痛的情况，并且问是哪颗牙痛。蛀牙在下唇第四颗，他却给医生指了第三颗。牙医当机立断："蛀牙要拔掉。"然后大手一挥，注入一针麻药，开始在口腔"工地"敲打冲击钻。

马大哈松了一口气，蛀牙拔掉就不痛了吧。大夫交代半个小时取出棉花，马大哈咬住卫生棉只"哦哦"应了两声，便赶紧离开了牙科诊所。回到家，马大铃发现蛀牙还痛，摇摇晃晃没脱落，大吃一惊，好牙却拔掉了！后来，我出外求学又在外地工作，父母也跟着我四处奔波，很少回乡下老家，直接和马大铃接触的机会几乎为零，但还是能间接听到马大铃的信息。正像谚语说的："不撞南墙不回头。"也许，一桩桩坏事也能变成好事。人是会变的，他再也不是原来的马大哈了。

马大铃近半百那年，他靠种植南方药材巴戟天脱贫致富，接着又办起蜜柚果汁厂。有一天，他开着一辆小卡车到市里送蜜柚果汁样品化验，返回时遇台风来袭，一场暴雨后河水猛涨，车到九龙岭时，从公路后斜坡滑下一大片泥浆砂石，一位走在公路边的老大爷无处可躲，眼看就会被泥浆冲走。说时迟、那时快，马大铃紧急刹车，拉开车门，跳下车向老大爷奔去，二话没说背起大爷，躲到公路后沟一块巨石下，逃过了一场浩劫。待雨停后，马大铃返回停车的地方，小卡车被埋在滑坡的泥浆里，一动也不能动了。

　　被救的老大爷叫李长春，是邻村一位孤寡老人，家中无人照顾，马大铃义务照顾起老人，问寒嘘暖，安排吃的穿的用的，不仅送给老人一台冰箱，每周还送食品、蔬菜等生活必需品，油盐酱醋样样全，每个月都记得带老人去理发，每年为老人过生日。李长春逢人便说："马大铃救了我的命，还无微不至地照顾我，比我的亲儿还亲哟！"

　　有人故意装傻："是那位马大哈吗？"

　　"他是好人。不是带口的哈，是带金的铃啊！"老人笑眉笑眼地说。

海滩清洁卫士

鹭岛珍珠湾有一支环卫队伍，起早摸黑，餐风饮露，他们是不折不扣的海滩清洁卫士，值得人们赞颂！

2000 年，我退休后迁居鹭岛，家在上李，这里面临大海，背靠文屏山，左接曾厝垵，右邻厦门大学，四周风光绮丽。每天早晨，我沿着大马路步行到珍珠湾海域游泳。海边沙滩上一年四季，不管刮风下雨，总活跃着一支穿着环卫工制服的清洁卫士。班长老刘，50 多岁，来自湖北，还有四五人来自省内其他地区，也有少数本地人。他们为了大海的洁净而走到一起，每天挥舞着长枪短炮：耙了、扫帚、夹子以及粪箕和垃圾桶，面对的"敌人"是海浪送来的垃圾和海滩污染物，他们用辛勤的劳动换来了沙滩的干净。

2018 年夏季的一个早晨，我游完泳从水里起来，看见张师傅在那里铲沙子，我好奇地问道："你也有闲工夫挖沙玩呀？"

"沙滩里有一个砸破的啤酒瓶，刚才捡到一块玻璃碎片。"他担心地说。沙子里隐藏的玻璃碎片会伤及游客，特别是玩沙的儿童。他的情绪感染了我，我也蹲下来瞪大眼睛寻"宝"。翻遍了周围几平方的沙滩，像筛谷子似的将沙一一过滤，先后夹起了七八块玻璃碎片。环卫工人正是用自己的执着护海安澜。

正如张师傅说的："保护大海和沙滩的干净整洁是我们入伍的初心，别看小小的扫把，责任重着呢，但愿能扫出滨海一片安宁。"

2016年9月，最强台风"莫兰蒂"登陆厦门翔安。狂风暴雨和怒吼的海浪使珍珠湾海滩变得一片狼藉。大灾后，环卫工人们争先奔赴抗灾第一线，站在木栈道上，面对厚厚的海上垃圾，刘班长一一给大家做了明确的分工，大声说："争分夺秒完成清理垃圾任务，让游客和市民高高兴兴过个祥和的中秋节。"班长带头挑起箩筐，大步流星，装、挑、倒，埋头默默地干起来。

天上雁阵靠头雁，全体员工齐心协力，汗水湿透了衣服，光着膀子上，肩膀压痛了换手抱。本市居民李师傅一口气挑了十几趟，手不小心被折断的树枝刮破，鲜血直流。班长心疼地劝他休息一会儿。李师傅从急救包里拿来碘酒消毒，贴上创可贴，说："轻伤不下火线，我一个人不能拖大家后腿，只要肩能挑就要把垃圾挑完。"

不怕苦不怕累，来自龙海农民出身的珠龙师傅一提起"莫兰蒂"满脸伤感，说："奋战莫兰蒂给我一生留下最深的印象，不少工友血水和汗水夹杂在一起，触目惊心。"

现场，有外地游客被环卫工人的拼搏精神感动，主动投入抗灾，包括我们冬泳的弟兄们，不用号令，大家一起拖树枝、扫垃圾，众人拾柴火焰高。鹭岛漫长的海岸线和广阔的沙滩，又何止珍珠湾一支环卫队伍，白城、海韵台、五缘湾等沙滩也都有一支支清洁队伍，还有令人感动的市民、游客帮忙，正是有众多的无名英雄，大家共同努力，加快了厦门迈向国际特色海洋中心城市的进程。

啊，我心中的海上花园城，至善至美，天使在人间。

牛背上的乐趣

　　童年的我有过一段放牛生涯。那些日子，我喜欢骑在牛背上，在蓝天下伴随着牛儿啃草迈步，一颠一颠，在山野中摇晃着我瘦弱的身躯，春去秋来，孜孜不倦地阅读童书，在牛背上养成了我读书的兴趣和习惯。

　　20世纪50年代初，牛是农家宝，我四五岁就跟着姐姐在牛屁股后转。七岁时，村里的一群看牛娃入了学，在校是同学，放了学又是玩伴，上课读书，回家放牛。比我大一岁的小郭同学也喜欢看连环画、小人书。他家里经济好，买的书也多，足有两大箱。而我的父母亲根本不给我买书的钱，有一次，我从妈妈的衣柜里找到一个生锈的银发簪，拿到村供销社兑钱，拿着钱舍不得买零食而买了小人书。后来妈妈找不到银发簪，我就老实交代被我换了钱拿去买书了，我还被骂得狗血淋头呢。

　　我好羡慕现在的孩子入了学就有自己的书房，书架上有看不完的新书。我那时要买书和学习用品就得自己捉蝉蛹、捡破烂换钱，集腋成裘，好长时间才能买到一本。几年后，我也积下了一大樟木箱的书。同学们互换着看，也有说不完的乐趣。

　　每次放牛我都要背上书包，包里藏着连环画或童话故事。为了看书，又不让牛儿糟蹋庄稼，我割来野藤绑上两根竹竿，架在牛背的两边，像副担架，我骑在牛背上，两脚蹬住竹竿，不会因牛的走动而甩下来。牛啃它的嫩草，我看我的宝书。骑在牛背上最适合看连环画或卡片画，牛儿吃光一片草，我也看完了一本书。偶遇下雨，无处躲雨时，我割一捆草，将牛拴在树头，让它站着吃草，我躲到牛肚子下避雨看书。天气晴朗，遥望天空飘过变幻无穷的云朵，乐在其中啊。

　　有一次，我家的初生牛犊被一处绿茵茵的嫩草所诱惑，不小心陷进了烂泥田里，无知的小牛越挣扎陷越深，越陷越深而不能自拔。我正痴迷地在母牛背上读一本科幻童话，吓得书一扔，从牛背上滚了下来。好在我曾见过大人从烂泥田救牛的土办法，急忙招呼几位放牛娃，有的抱稻草，有的砍树枝，铺垫在小牛的前面，有了铺垫，再深再烂的烂泥地，母牛也不容易沉下去。一人在前拉紧牛绳，小牛一脚从泥浆中拔出，快捷地踩在树枝和稻草上，铺垫物支撑住它，不再往下陷。然后另一脚抽出泥浆，再踩到稻草上。小牛呼出了一团闷气，终于走出了泥潭，娃们拍手叫好，算躲过了家父为我准备的"竹笋炒肉丝"的厚礼了。

　　生活的道路不平坦，苦与乐也像一对孪生兄弟不离不弃。一个夏天的下午，晴好的天空突然乌云密布，大暴雨就要降临，我们赶着牛群往家走。路过一条小溪，没有桥，人和牛都得蹚水过河，放牛娃不想蹚水的就爬上牛背，让牛驮着娃过河。我骑着水牛母到了溪中间，上游滚滚而来的洪水迅速暴涨，一个激浪奔腾而来，一下子将我打翻。我死死抓住牛背上的竹架，可是后来竹架也离开了牛背，漂在水面上，被冲出五六米远，刚好被大我的堂哥揪住了竹竿，我使劲夹住架子，好不容易才挣扎到岸边。上了岸，我四肢发抖，吓出了一身冷汗，好在有那一副牛竹架！

x

"牛倌"三叔

20 世纪 60 年后期，社员私有耕牛折价归生产队，我家所处新村生产队归入的有 16 头耕牛。在农闲时，一位放牧员犯了难，因为有头"水牛港（公）"太凶猛，没有哪位社员敢接手，队长只好劝我三叔来当放牛倌了。

我三叔名叫康关，是我父亲的小弟。他自小喜欢与牛来往，那头公水牛从小牛犊买进，经他一手养大，"大黑"也是三叔起的名。大黑高大健壮，圆鼓鼓的肚子，乌黑发亮的皮肤，两只弯弯的角令人生畏。它在村里水牛群中称王称霸，在三叔面前却服服帖帖。

那时三叔 50 多岁，他的脸黑中透红，两只眼睛格外有神。别看他整天跟牛打交道，可他身上的衣裤穿着多是本地的汉装，布质一般，纽扣在胸前，却总是干干净净的，闻不到浓浓的牛臭膻味道。他说："时代不同了，搞好卫生是大事，污染环境遭人嫌呐。"

三叔接手生产队的牛倌，真把自己当成了"战士"的指挥官。他要将来自各家各户的杂牌军训练成一支有素质的"战士"：招之能来，叫停能停，谈何容易呢。头几天，从最简单入手，如不能吃、不能跑、慢点、回来、站住等等，牛儿听了，就像听到了命令。如何训练牛儿吃的只是草，不能是草以外的庄稼。三叔别出心裁，将训练地点选在成片的水稻禾田边，而且禾苗碧绿嫩幼，路过的牛儿无不流下馋涎的口水，这时难免有不守规矩的牛离群跑过去，他大喊一声"回来"，那头牛就扭头往回走。要是它不听，大黑就会冲向前助三叔拦挡它。再加上三叔"以理服牛"，直到犯错的牛儿明白稻苗虽好不是它该吃的。一次，两次，三次……训练久了，牛儿们就懂得了规矩。

牛倌书读不多，进过私塾学堂一年，可听他说话做事还挺有水平的，如他说："牲畜也叫生灵，为啥带个'灵'字？就是说都有灵性，它们可不是傻瓜。就说牛嘛，也灵着哩，通人性，你敬它一尺，它敬你一丈。既然集体选我当这个牛倌，我就将16头牛当成生产队一员。担心它们饿着，渴着，担心它们冷热，病痛，要像母亲待孩子一样，它如果一有头疼脑热，我会急得吃不下饭呢。"牛倌这样说也是这样做的，有一年，队里一头母水牛早产，牛倌像伺候孩子一样对待母牛，守住母牛看着小牛。给母牛增加小灶，一日吃5顿，半夜里还加点心，变着花样做给母牛吃，还上山割催奶的青草、嫩草提高适口性。母牛奶水不够，翻箱倒柜找来玻璃瓶，装上奶嘴，把花生、豆浆灌入瓶子里，蹲在地上左手持瓶，右手把奶嘴塞进小牛的嘴里，小牛眯着眼感谢主人的恩赐大口大口吸……

一个月过后，母牛膘肥体壮，奶水充足。小牛仔发育良好，活蹦乱跳，人见人爱。

我的老家后山有一两平方千米的山坳，平地、山坡绿草茵茵，耕牛农闲家家户户的牛赶到这儿，早上来晚上回，牛儿高兴得你撬我的屁股、我撞你的臀，奔跑、跳跃，各自找一块最美的草场安静地啃它的嫩草，啃过的草地就像理发剪扫过齐刷刷的。放牛娃们各奔东西，女孩多数上山拾柴火，男孩有的上树采野果掏鸟蛋，有的到旱田里逮老鼠，下田捉泥鳅拾田螺……耕牛归生产队后，农闲牛倌将牛赶上草场，跟着，瞪住，以免出乱子。

8月的一天，我和同伴上山采多妮（山稔果），收获满满，采了一大篮，圆锥锥的"多妮"水灵灵地闪着成熟的颜色，令人垂涎三尺。路过三叔身旁，我双手高举多妮，说："请三叔品尝多妮。"他招呼我到大石头上坐会儿，叔侄俩坐到大石上。

牛倌习惯地掏出旱烟袋，从烟袋里抓出一小撮烟丝，按在烟锅里；划一根火柴点着了纸条卷，再将纸条点着火的一端按在烟丝上，"嗞"地猛吸一口，吐出一圈一圈的白烟。

当他点着烟，我就问："生产队这10多头牛别人管不了，为啥在你的手里，牛儿都服服帖帖那么听话呀。"

"俗话说，擒贼先擒王。这一群牛领头的还是大黑，你想管好一群牛，只要管住大黑就够啦。"

童年的我知识不多，不懂什么哲学，只觉得三叔很了不起，连牛都掌控在他的手心。接着我问道："如有牛儿不听话咋办？"

他说："能咋办？要像妈妈对待小孩子一样，讲讲这样为啥不好，让它慢慢领悟。"牛瞪起眼睛听我们说话，这是在入心哩。要是再不听话呢，就该竹鞭子伺候收拾它了吧？牛倌的头像摇拨浪鼓似的，说："还不能，一鞭子下去看似很来劲，可是会伤它的心呀，伤了它的心，记住一辈子，它就会寻找机会捣鼓事端。除非是屡教不改的牛儿，用力给它一鞭子，叫它想想是为啥，让它长记性。"

三叔养牛还很有一套的，能弄出绝招来。有个周日的早晨，我上生产队牛栏要牵一头牛犁自留地。牛倌将牛放出栏后，身背一台手摇喷雾在牛圈周围转着，一按一按喷着白雾，我朝栏内一看牛粪清理完毕，栏内干干净净，并撒上了一层谷糠。他见我来了，去泉水引来的竹筒水用肥皂洗了洗手，招呼我坐下。我问他："牛栏要天天消毒吗？"

"很有必要，牲畜开放式放养容易传播疾病，消了毒等于打了预防针啊。"牛倌说。

暑假的一天，我去后岭梯田拾田螺，傍晚回家时，与牛倌赶着牛同行。一路上，天快要下雨，空气闷热，牛儿闷得慌也不老实：走在后面的牛会跑向前去碰撞同伴，引起牛群四散逃窜，有的牛还会在地上打滚，还有一只老水牛一见路边一口浅泥塘，疯了似的扑泥潭翻滚得一身是泥浆，走出泥潭身体还使劲一抖，非得溅你一身泥，它却像享受洗澡一样痛快。我咨询跟在牛群后头的牛倌，问："这是咋回事呀？"他说："天气闷热，牛虻多，后面的牛被咬得难受，就会跑向前，在同伴的身上蹭掉牛虻，就地打滚也能把牛虻赶走，如有泥潭跳进去滚上一身泥浆，这是甩掉牛虻的好办法。"他还教我："只要用竹枝牛鞭儿，打掉牛身上的牛虻，牛就不会疯跑了。"

后来我仔细观察，发现当牛行进在路上时，牛一抽动肚皮，就是有牛虻，用小竹枝牛鞭呼的一声捽出去，牛虻就丧命了。这么一来，牛儿也会十分领情，每当有牛虻叮咬，它们都会跑到牛倌的身边"跳肚皮舞",让他给打牛虻呢!

　　放牛太有趣了,人世间处处有故事,事事有学问,难怪能行行出状元呢。

第四辑

——

爱在一米线

父爱就像毛毛雨

童年的我与父亲一起生活了十多年，父亲在儿女面前总是一幅微笑的面孔，不咸不淡，不善言辞。在我的印象里，他不太过问孩子的冷暖病痛，读书的事让孩子自己做主，见天连轴转，说他像一头不知疲倦的老黄牛也不为过，只关心生产和赚钱的活。但在我一生中，父亲对我说过的三句话，像烙印深深地刻在心上。

七岁入学那天早晨，我换上刚洗干净、压得笔直的粗布蓝色衣服，背着妈妈连夜在煤油灯下缝制的新书包，高高兴兴地走出家门。父亲在大埂的磨刀石上磨砍柴刀，停下手中的活，很欣慰地望了一眼。狮头鹅"歪，歪，歪"高歌欢送，我蹦蹦跳跳地走在通向学校的小路上……

上了几天学，我却好像一只自由飞翔的鸟儿被关进鸟笼，完全失去了自由，老师事事要管，班长不时会打小报告，上课有纪律约束，没有一点玩的空间，太不过瘾了。一天下午，同桌的野孩子拉我一起下河摸鱼，抓到好多鱼，一高兴我就误了吃晚饭的时间。我刚进家门，父亲早已在那里等候，把我拉到旁边，问："你下午去哪里了？"我很得意地回答："和同学去

第四辑　爱在一米线

抓鱼了。"忙从身后递上一串摇头摆尾的鱼,想给父亲来个惊喜。想不到他却沉下脸,严肃地说:"孩子,你已经是一名学生啦,学生就要好好读书,读书可以增长知识,有了知识才能走出大山。"父亲读过几年私塾,在村里算是喝过墨水的大老粗,他的话虽然不多,但说得实在,身体力行,一锤锤敲在我心坎上。此后,小学毕业升初中家里经济拮据,大哥劝我回家帮放一头牛,能多赚工分减少家里负担。我当即向大哥表示,只要让我继续念书,我可以利用周末上山砍小竹子、采芒萁交供销社收购,解决生活和学习费用。周末我还挑石墨赚运费,凌晨三四点出发,来回40里路,脚底都起泡磨破皮,但有父亲老黄牛似的影子在前头引路,我没有退缩。

1975年我结婚了,我们要返回单位的前天晚上,父亲把我叫到跟前,意味深长地说:"孩子,结了婚你就是成人了,你要像箍桶的桶箍,桶箍在桶在,桶箍断木板散,桶不成桶,家也就不成家了,事事要在意。"我成家后收入低,月薪30多元,老婆也只有20多元,加上两个孩子,入不敷出。但开源节流,总算日子过得还凑合。

20世纪70年代初,我从教育部门调到行政部门,加冠晋级。那年春节我回家给父母拜年,团圆饭散席后,父亲留下我,父子第一次对饮,他给我倒了一杯自酿的红曲米酒,意味深长地说:"酒会醉人,酒会迷人,酒还会害人,你现今有了官帽,几品官我不懂,你喝了这杯酒,记住爸爸的话,人生仕途上千万别让酒给醉倒了!"短短的几句话像警棍猛敲了我一下。20世纪80年代末,我从市直机关调到一个老区贫困县,任职三年,在常务副县长任上以茶代酒,没抽过客人递来的一支烟，"我行我素"，当好公仆。调回市里后我是农业部门一把手，有了专车，我仍坚持与老掉牙的自行车为伴，在弯弯村道上，在广袤的田野里，人未到铃声先到；到省城开会，我搭乘公交、挤大巴，始终做到一世公仆、两袖清风。这辈子多亏了父亲的毛毛雨——却字字如山，让我一直负重前行，安全着陆。

爱，在一米之外

　　许爱玲虽然生长在农村，却有着与农村姑娘很不一样的性格，自小特别重亲情。她在找对象时就提一个别人都想不到的地缘对象——男方的家要在 10 千米为半径的圆圈内。她常说："一人有事亲戚相帮，互补互济。"后来的事实如她所愿。老家虽在乡下，但开车载一碗鸡汤到家时还有温度。她老公家就在本市相距不超 10 千米，自己买的房距娘家、婆家也就 10 多千米。

　　许爱玲生活工作在城里，她上班有小车，休息时也经常回乡下运些免费的土特产。孩子参加工作后住到单位，公公婆婆住到他们原来的房子。许爱玲是第一波被流感病毒击中的，城里药店的退热、感冒药被一扫而光，她开着轿车回乡下的一家诊所拿药。途中，她顺便回了一趟娘家，提前打电话回去，说在超市里买了些水果和肉，为防止把病毒传给父母，她只把东西挂在门把手上就走了。父母倒是真的没出来，外门开着，他俩在庭院的一米之外站着。大冷天，也不知道他们站了多久。爱玲的眼眶湿了，把东西挂好。摆手让父母回去，叮嘱他们多喝水、少出门、出门戴口罩。

　　爱玲正要走，被母亲叫着指指门口三轮车上的东西，示意她搬上车。原来，得知女儿要路过，父亲早就准备好了一袋高山优质红米，母亲也挑好了一大袋白菜，爱玲把它们一一搬上车，完成了和父母相隔一米的交接。

从乡下回来后，许爱玲的老公发高烧病倒了，嗓子疼、咳嗽、头晕，各种症状轮番上阵。夫妻俩各自倒在一间屋子里，昏睡了两三天。母亲和姐妹们在微信上天天留言询问，小妹还专门从城南跑过来一趟，给他们送来了布洛芬片和柴胡颗粒。当然，她把药放在小区门口的台阶上，远远看到爱玲拿起药，挥挥手就走了。

爱玲的儿子远在外地培训，除了每天打电话询问，还专门添加了小区门口一家超市老板的微信，订购每天的早餐牛奶、汤点，让外卖员定时送到爱玲家门口。老公的病症比爱玲重，特别晚间咳得厉害，就搬到隔壁房间去住，但不关门，两张床之间的距离没有超过一米，只是中间隔着一堵厚厚的墙。

一周后，爱玲一家终于好得差不多了，接到父亲的电话得知妈妈病倒了。许爱玲赶快买了许多流感所需的药品、蔬菜、水果等东西送去，母亲只把大门开了一条缝，戴着口罩在一米之外跟女儿说话，催促快点离开，老人消瘦而憔悴，她满脸慈爱沧桑，年轻时乌黑的头发已有如严冬初雪落地，像秋日的第一道霜。满头白发的母亲，手脚不利索，还有点吃力地把地上的购物袋拿进屋，再回身慢慢地把大门紧紧关上。女儿看着母亲的背影，心里涌出一种别样的心酸。

病毒无情，人间有爱，一米的距离阻止不了爱的传递。走过这样一个不一样的冬天，过了一个不一样的新年，许爱玲对下一个春天充满了格外的期待，对未来的新年更有着美好的愿景。

竹扁担颤悠悠

我 12 岁那年，离村到 20 里外的新圩中心小学读高小，成了在校寄宿生，周末才能回家一次，带足一周的米和菜。在我要出发那天，大姐为我准备行李时，说："那么多行李，靠手拿、肩背咋行啊。"她想得十分周到又会办事，急忙到屋后砍了一根不大不小的毛竹，从两头锯断，一剖为二，熟练地削目、刮皮，又拿到厨房灶前将竹片的两端烤焦，烤得吱吱直响，还能闻到一阵阵竹青的焦味。她顺势将两端分别插入两块大石缝轻轻用力压一下，竹扁担两头成了弯钩，再用砂纸摩擦，光滑。一根漂亮的小竹扁担便制作完成了，姐还叮嘱道："有了扁担带东西不吃力，走起路来轻松了，好好读书，将来走出大山。"这根竹扁担跟一般的竹扁担相比，小巧玲珑，短点，窄点，挑个三四十千克的重物不成问题。我把食物和用品各分两袋，挂在竹扁担的两头，蹲下身将扁担压在肩上，随着脚步迈动轻轻地晃悠，肩膀舒服极了。

后来我还为扁担还写下一首诗：一根扁担两头翘，希望幸福一肩挑，压在肩上晃悠悠，勇往直前步更矫。

有一次，我们同村的同学从学校回家，天空下着瓢泼大雨，离村不远的小河里溪水陡涨了许多，漩涡一个接着一个，咆哮着从眼前流过。水面的浮桥不见了，只能蹚水过河。我停下脚步，抽出肩上的扁担，把东西往背上挂，让同学牢牢地拉住扁担，三人一组过了河。有扁担支撑过河，既消除了心里的恐惧，又增添了过河的力量。

小学毕业后我升入新创办的华安第二中学，新办校除几十名教师和必需的课桌椅外一无所有。学校前不着村，后不着店，交通不便，生活艰苦。学生宿舍借用了民房，在教室里轮流上课。规划建校的土地是一块乱葬岗。师生利用课余时间平山头，挖地基，挑土、运石，基建组发给各班粪箕、锄头、土铲等工具，扁担自找门路，有用锄头柄，有用木棍或竹节的，五花八门。我的竹扁担派上了用场，粪箕装满了足有近40千克的土、石，走在小路上叽叽叫着，手紧抓住吊粪箕的绳子摇晃摇晃。

基建工地最难熬的就是酷暑节气的正午时分，太阳像个火球当空燃烧着，无论是弯腰挖土还是挑土赶路的师生，男人光着膀子，女生汗水湿漉漉像从水里捞起来，都感到背上似乎有一个滚烫的火盆。再加上地面被太阳晒得一直往上蒸腾着热气，人在"火盆"与热气的夹击下，个个挥汗如雨，甚至有点喘不过气来。中午休息到四点继续干，没挑几趟，我的肩膀红肿生疼，手脚软绵绵。

我初中毕业离校时，竹扁担被学校选为"勤工俭学校史展览室"的成员，虽然没能再陪伴我走南闯北，却能留在学校里，向晚辈诉说着参加建校办学的美丽故事，我颇为欣慰……

悠悠打谷桶

　　我童年时喜欢捏泥人、和稀泥、打泥战，应季下田帮家里做些力所能及的农活。每年金秋是农村丰收的季节，收割稻子时全家出动，挥镰割稻堆放在田埂上。硬汉似的父亲驾驭着打谷桶，像航船在田间游弋。他双手捏紧稻茎后部，先向右上扬，然后猛力往桶梯用力摔打，打完瞬间双手还需抖动片刻，让已经离穗的谷粒全部洒落桶里。

　　打谷桶，闽南乡下习惯叫"摔桶"，是旧时农业生产的主要大型农具，专用于谷物脱粒，由谷桶、桶梯、篾笪三部件组成。椭圆形的桶用纯杉木制作，长约 1.5 米，宽和高不到 1 米。一架桶梯挎在桶沿伸向桶底，用于打稻，设了篾笪这道屏障可做到颗粒归仓。

　　农村打造谷桶是常事，取材比较容易，多数请木工师傅就地加工。有一年，家里请来木匠师傅做打谷桶，正好周日，我在家观看师傅加工的全过程。我家备足杉木料，师傅逐一刨光，每片板插上两支竹钉，再将椭圆形的桶底板放在地面上，把一块块桶板围在那块椭圆形的底板周边，把桶箍套在桶板外面上下两圈。将底部用两块较粗的圆木对切制成滑板，利于在田地里推拉和将打谷桶竖立。搬运打谷桶常用一圆木棍挎在桶面作肩运工具，一个成年人即可扛走。打谷桶做好后，师傅还要在谷桶前部钻两孔，作为拉绳。后部凿一个孔穿上棕叶，作桶尾巴。前有牵牛绳，后有牛尾巴，真像一头强壮的牛了。我抚摸着刚出厂的打谷桶激动地说："好漂亮的打谷桶啊！"

师傅却说："还欠最后一道工序呢。"师傅说着把浸湿了的锯末一点点用锉刀塞到底板与桶板间缝隙里，他特别强调，说："小处着眼，没有了这些锯末，打谷桶就会漏水。若水渗入桶里浸泡谷子，不仅增加重量，还会让谷子发芽呢。"

是啊，锯末塞缝虽小，却不能因为太过细小就忽略了它的作用，我们做每一件事情都要注意，再小的东西也是整体事物不可或缺的一部分呢。

一台崭新的打谷桶呈现在我面前。

我12岁那年，父亲年纪大了，体弱多病，打谷子的重活就交给身强力壮的大哥。那天我们到后山梯田收割晚稻，嫂子有事下圩赶集去了，我临时成了大哥的帮工。我家梯田的田坎很高，大哥拖着打谷桶从上一丘顺着后坎放到下一丘，叫我帮他拉住"牛"尾巴，桶里已有近半的谷子，加上桶的重量还是有点沉。大哥将谷桶提离水面搁在田埂上，人溜到下丘田里，一手托着谷桶底部，另一手抓紧桶前拉绳，张开弓步，拉开架势，像铁人站稳在泥土里似的，喊道："抓住了，一二三……"我憋住气，双脚撑在田埂牢牢揪住棕片做的桶尾巴。桶离开田埂千钧一发之际，冲力不听使唤，打谷桶像一头犟公牛挣脱了缰绳，扯断了尾巴，我倒坐在水田里湿了一身衣。大哥没能顶住，打谷桶从肩上滑脱，被压倒在水田里，我被吓出了一身冷汗。"谁知盘中餐，粒粒皆辛苦。"经过这次的打谷桶翻倾的事，我切身体会到农民的辛苦劳作，粮食来之不易，一生不浪费一粒米。

其实，打谷桶远不止用来脱谷子，农闲季节打谷桶还可以用于存储及洗刷东西。有一年夏收时节，高山上的稻子收割完了，转移洋面田收割，我家的打谷桶扛回家放在河岸上。那天下午，我小弟和两同学在河里摸鱼，小河突然大发洪水，波浪翻滚，几个毛孩子胆战心惊爬到大石头上下不来。我父亲刚好在河边收稻草，他二话没说，老练地拖起打谷桶放入河里，推着桶涉水到大石边，将一个个孩子抱进桶，再慢慢推着它安全靠岸。在农村，打谷桶也可救急呢。

星移斗转，换了人间。随着现代工业化的发展，脱粒机、收割机替代了打谷桶，解放了劳动力是社会的进步。功成身退，打谷桶逐渐退出历史舞台也是必然的；但我忘不了童年的伙伴——那总是伴着稻谷香、飘荡在水中的大木桶。

风雨同舟五十载

1975年春节，我和妻子在老家乡下结婚，没戴戒指，没穿婚纱，没进照相馆，大年初一表兄为我们拍了一张结婚照。我和老伴至今走过了近50个年头，夫妻恩爱，尝遍人间甜酸苦辣，坚守"有苦同担，有福同享"的誓言。

那年腊月二十六，我匆匆忙忙从田里洗脚上岸，挽住爱人的手走进县民政局领了结婚证。接着回乡下老家请亲戚们吃了一顿便饭，就算举行了婚礼。

大年初一那天，在大学任教的表哥来看我们，带着一架傻瓜机，"咔嚓咔嚓"给我们拍了一张新婚照，令我不至于遗憾一辈子呢。

结婚后，我一夜由小囝变成大人，独立成家了。甘蔗没有两头甜，爱人出生在城里的贫穷家庭，没什么文化，只有铁板的身骨和吃苦精神。我常戏称她"属牛，有牛劲，干活不知累"。小家过年，每年都是在战斗中度过，压在老婆身上三重压力：临近春节，工作岗位加班加点；下班到家，两个年幼孩子的琐事及家务忙得团团转；一年一次除尘从农历腊月二十四日马不停蹄干到除夕钟声响起。她没有舒心地吃过一顿年夜饭，没有完整地看过一次春节联欢晚会。我想帮忙也帮不上，家里大小事像是她的专利，放不了手，特别是清洁卫生收拾家杂，只有亲力亲为她才放心。近些年有了家政，孩子要花钱请家政，还买了台全自动洗衣机。但她总是说，机器洗衣不干净，总比不上人活络啊。

原先，她的单位是商业部门的门店，逢年过节特别忙，一直忙到除夕下午三四点钟。下了班她工作服顾不上脱就转入锅盆瓢碗的战场中。我负责煮年夜饭和照看孩子，饭菜上桌，碗筷摆好，就等她来围炉，几次催促，饭菜由热腾腾变凉飕飕她才姗姗来迟，坐下来举起酒杯，比一下筷子后，又离开饭桌查缺补漏去了。当我们吃饱喝足，打着嗝，准备看晚会了，她又收集全家人换下的脏衣服。好几次，电视里锣鼓喧天，她歪在沙发上打呼噜响应。

20世纪80年代，我被派到中国人民大学进修两年，第一年春节我没有回家。那时两女儿尚幼，大的五岁，小的只有三岁，扯大牵小，洗衣做饭，没有老人帮忙，全靠爱人一个人撑着，其中的艰辛不言而喻。临近春节，幼儿园放寒假那天下起小雨，她骑着自行车接孩子回家，大女儿坐在前横杆上，小女坐在后座上，大人小孩穿着雨衣，被迎面而来的摩托车刮倒。小孩摔出，哭喊着，爱人头磕到水泥地脑受伤。医生让她住院。她放不下孩子，为不让我担心，默默承受，一句不提。后来还是同事写信私下告诉我，我心痛不已，产生半途退学的念头。爱人坚决反对。

耄耋之年，岁月的风霜在我们脸上留下了痕迹，相濡以沫近半世纪，不离不弃。我对她说，鸿雁双飞，花开并蒂，来生我们再结秦晋之好。

生日青团

　　我在乍暖还寒、绿草茵茵的三月呱呱落地，快乐生日理所当然在美丽的春天里度过。那时农村贫穷，父母顾得了日食三餐就很不容易了，哪还能管得了孩子的生日呢。我看到现代孩子们过生日的快乐与幸福，订蛋糕，送礼物，有甚者还邀约同学、好友上酒店办生日宴，十分羡慕，不时勾起我7岁那年的生日。

　　我7岁入学，那年过生日，家里的一只老母鸡病了，下不了蛋，妈妈到亲戚家想借个鸡蛋为我庆生，可是从村东到村西，跑了好几家竟然没借到。惯例的两个红壳鸡蛋和面线甜（放红糖的煮面线）没了，我喝了两碗地瓜粥，快快地背上书包上学去。

　　我的前脚刚跨出大门，母亲从厨房洗碗跑出来，倚着门框，双手在围裙上擦拭着，目送我远去，伤心地掉下泪珠。

　　春回大地，万物复苏，鼠曲草、艾草和蒲公英等竞相蹿出土面，给一片枯黄的大地换上绿装。母亲走在绿油油的田间小路上，脚边是嫩草和野花，细腻的土壤味和着野草的芳香与隐隐花香扑鼻而来。道路旁葳蕤的野菜在春风里缓缓地翩跹起舞。风轻轻吹动母亲的衣衫，她弯下身，寻找鼠曲草，鼠曲草像满是皱纹的弯曲手指在绿色的海洋中跳动着，像一个个欢乐的精灵，舞动着春季那独有的欢乐。

过了一会儿，竹篮子里塞满了嫩绿的鼠曲草，大自然为人类馈赠了野草蓬勃的鲜绿和清逸的清香。回家后，她将鼠曲草的叶片摘干净，用清水清洗，再用开水焯过，使其露出自然又丝滑的嫩绿，看得人眼里也盛满清亮亮的喜悦；接着，放入石臼中用石杵敲成碎，再慢慢敲打变成汁，再加入少许清水。她又从坛坛罐罐里找出了过年没有用完的糯米粉，倒入石臼中，加入小苏打和少许砂糖，和好，揉打，就制成了青团面。她再准备好两种馅料：甜馅有红豆（或绿豆）加红糖；另一种是咸香馅料，萝卜干、虾皮、海蛎干等作为馅料，开始为儿子制作"生日青团"！

当我放学回到家时，妈拉住我的小手，说："孩子，今天是你的生日，家里没有鸡蛋，咱做生日青团为你过生日吧。"

我激动地抱住妈妈，眼眶湿润了，急匆匆放下书包，洗过手跑到母亲身边学做青团。

我认真看母亲操作几遍，以为做青团也不是什么难事，就从盆里捏上一块鼠曲面团，先用小手麻利地左右压动，让手上的面团成为一个胖乎乎的小面球，再用手在正中重重一压，就变成小圆饼状，接着用手把面团握成漏斗型，用勺加入料馅。第一次放了太多的馅，青团像小河豚似的胖乎乎的，馅也露出来了。妈妈说："学做事要认真，入眼还要入心，入心还得多练，熟能成巧嘛。"我耐心从头再来，母亲的话让我开了窍，做了几个就不会露馅啦。

青团入锅，很快就蒸好了，蒸好的"胖河豚"个个嫩嫩的、肥肥的，形态饱满极了，碧青油绿，糯韧绵软，还没吃上一口，春之味溢到嘴边了。我伸手拿起一个青团，忍不住咬上一口，那软软糯糯的甘甜细腻，味道还带着芳草香，一口下肚，生日的快乐音符涌流全身！

七岁的"生日青团"是我一生最值得怀念的记忆。以后母亲每年都会让我过个快乐的生日，下地采集野菜变着花样做出各种生日食品，名曰：生日草粿、生日朴籽粿、生日艾蒿粿、生日菜头粿等等，比起城里的生日蛋糕有过而无不及啊，花样更多，内容更丰富，意义更深远。

春天是无形、无味的，但那软软糯糯的小青团儿使春天变得色香味俱全。让生日青团注入了春天的生机、春天的希望、春天的美好！

老伴养金鱼

老伴个性好静，不喜欢交往，更不喜欢在大庭广众面前唱唱跳跳。二女儿的小孩尚小，爷爷奶奶又早早辞世，家务事需要我去帮忙，做午饭什么的。白天，老伴留在自家甚感孤单。二女儿家原来养着两缸金鱼，嫌太多了要淘汰送人，正中老伴下怀。养金鱼有事做，还能与金鱼对上眼说说话，算是不错的选项。于是，女儿就把大小两个玻璃缸搬到我家里来了，还从鱼缸捞出几条活蹦乱跳的鱼儿搭上，老伴又到花鸟市场买了几条，凑在一起，她的金鱼事业顺利开张了。

老伴做事认真，一丝不苟。养金鱼她上心了，即使是大冷天，我看她每天跳下床，第一件事不等穿好衣服，就披件长睡衣，汲着毛茸茸的大拖鞋，直奔大厅的鱼缸前先瞄一眼，关注鱼缸里的动静，有没有翻肚皮或精神不振的，有没有食之无味的病态小宝贝，再打开饵料瓶盖，挑几粒饵料扔进鱼缸里。缸里的鱼儿也挺享受主人周到的关怀呢，常常一呼百应，相聚在透明的玻璃墙前，摇头晃尾地示谢。

万事开头难，养几条金鱼也不容易啊。一日三餐，她就怕鱼儿饿了，一时半刻就丢点饵料。女儿告诫说："金鱼有胀死的，没有饿死的。"过了几天，真有一条小鱼挺着圆鼓鼓的肚子翻白了。好在她及时吸取教训，一周小喂一次，多观察。

有一天，老伴在京东网购日常用品时，窗口跳出卖金鱼的广告，不仅鱼儿漂亮，颜色多样，个体又大，而且价格便宜，她没有犹豫，也不像买衣服、食品或化妆品要货比三家，一键拍板购买了。收到鸟箱快递通知时，她一骨碌爬起来，直奔小区门口取回。对第一次购买者特例送两条漂亮的金鱼，她像七八岁的小孩高兴得跳了起来，按照商家指导放入鱼缸，对着金鱼严肃地说："宝贝们，不论先来后到咱们是一家，和睦相处，快乐生活！"

前年临近春节，为了让过年节日气氛浓点，她上网购买了10条红色金鱼，她日念夜思，盼星星盼月亮，叫喊着："咋还不见踪影。"我拿过手机帮她查询，逢春节快递繁忙，标明农历正月初八才发货，对老伴说："急不得呢。节前发货还可能误事呀。"推迟发货也让老伴理解供货商考虑得周到，春节后她按时收到金鱼，让她高兴不已。

去年国庆前后，老伴随大女儿到北京住2个月，她心心念念金鱼的事儿，每天必打一次电话询问金鱼的状况，电话里说了不放心，还得用视频看到影像。我埋怨道："你从不问老公日子过得好不好，就只关心你那些鱼儿。"她即刻反问："一个大活人还能咋样？"

那年进入寒冬，老伴养金鱼进入了迷恋的状态，对缸中的鱼儿简直是"抱在手上怕摔了，含在嘴里怕化了"的地步。她担心冬天鱼儿挨冻，为让日照时间长些，调整了摆放的位置，靠左移。过了几天，老伴如往常一样光着背来到鱼缸前，发现鱼缸里的金鱼无精打采，有的甚至翻转了肚皮。她心急如焚，只得隔空请教经常联系的专业技术人员。

后来技术人员解释道："鱼类对环境的变化非常敏感，可能是鱼缸摆放的位置影响了它们的健康。比如，阳光直射、噪音以及附近的电器辐射等都可能造成影响。"老伴恍然大悟，原来鱼缸的位置一直放在客厅的窗边，突然移动位置，延长了日照时间，水温有可能有变化。

老伴只好将鱼缸返回原来的位置。果不然，几天后，金鱼的状况逐渐好转，一缸生龙活虎的金鱼又回来了。老伴在鱼儿面前自责了一番："主人太无知了，害苦了你们，对不起！"

经过这次教训，老伴省悟了，对金鱼的关爱不仅仅是提供食物和水，还需要关注它们的生活环境。她开始更加注重水质的变化和周围的环境因素，以确保金鱼能够健康快乐地生活。我对老伴说，世上无难事，世上也无小事。小学问可作大文章，凡事都不容易啊。

藏在泔水缸里的爱

　　李财发的家中有许多水缸，大的有水缸、谷缸，小的有米缸、酱缸和咸菜缸。还有一口比大水缸小点，比咸菜缸大点的泔水缸。泔水缸口圆形，底小口大，中部圆浑，周边均匀地分布着浅浅的缸棱。这口缸，李财发听奶奶邹梅兰提起过，是奶奶娘家作为嫁妆带来的。嫁妆不是丝绸缎锦或金银首饰，而是一口不值多少钱，土做火烧的陶瓷缸，简直太不可思议了。爷爷李乐富不仅是奶奶自己相中的，也是她父亲较为满意的男生。那时，邹氏家族拥有好几座瓷窑，生意也不错，在当地算是有头有脸的富户，照理说嫁女儿的嫁妆也不会太寒暄。邹梅兰在出嫁前曾就嫁妆私下探过母亲的口风，母亲只说你老爸会给你重重的嫁妆呢。的确，送口瓷缸父亲是动了脑筋的：瓷缸寓意聚宝缸（盆），致富缸。未来的女婿李乐富为人朴实，农活是好把式，身强体壮，女儿嫁给他就有靠山，他去打拼发家致富。瓷缸在新娘嫁到男方家后，一直放置在大厅最显眼的位置，没有动过。有一次，城里来了收古董的商人，站在缸前端详了好久，还左摸右敲仔细听听音质，最后说："克拉瓷真品，年代久远可以卖得好价钱。"他看上了，比出手指，是一个不

第四辑　爱在一米线

229

菲的价，可李乐富头摇得像拨浪鼓，说："你就算拿来金条银砖，我也不卖。这是我老婆的陪嫁品，再穷也不会卖嫁妆的！"从此以后，李乐富怕宝物碍众人眼睛难于保管，用这口瓷缸无怨无悔地盛装泔水，担负起积泔水的重任，同时成了李财发家养猪的食物供给站，再也不会有人说这是一口宝物了。

有了泔水缸，李财发家发生了小小的变化，从纯农业户走上主农业、副兼养猪业。邹梅兰做饭，都会把淘米水、刷锅水、剩饭剩菜倒入泔水缸。吃完饭，擦桌子，李乐富总要叮嘱大人小孩不能将鱼刺和骨头倒入泔水缸里，不然猪吃了会卡住喉咙。有了猪的食粮，一年养几头猪就容易了。李乐富曾在生产队集体猪场养过猪，这方面很有经验，家里的猪他总能养得膘肥体壮，年底卖上好价钱。开始几年，李财发来年的学费、家中的油盐酱醋及年货都有着落了。

后来生产队不养猪了，李乐富专心发展家庭养猪，从几头到几十头，几年后养猪上百头，小养猪场变大养猪场，家庭养猪发展成规模化畜牧有限公司，既养猪又加工肉类食品。李财发顺利完成了大学学习，他读的是农业大学的畜牧专业，毕业后老父退居二线，直接接替父亲的规模化畜牧有限公司总经理。泔水缸为家庭创下了千万资产，也完成了泔水缸的使命。李乐富把泔水缸清洗干净后，放在他的床边当储物缸。实行殡葬改革的那年，身为共产党员的李财发本应带头执行火化，如何向爷爷奶奶开这个口，可谓绞尽了脑汁，几次话到嘴边都咽了回去。李乐富90大寿宴席上，李财发祝过寿，被李乐富叫到身边，高兴地说："我走过90个春秋，一生很幸福，我和你奶奶都赞成死后火化的，我的骨灰就放进我床边的那口陪嫁的瓷缸里；你再去买个大小差不多的缸，以后把你奶奶的骨灰盒也放进里面。"这也成了李乐富的遗愿。

李乐富95岁高龄去世，李氏一家人把泔水缸洗了又洗，刷了又刷，吹晒得干干净净。安葬之日，李乐富和早他5年过世的邹梅兰合坟，两口缸之间用一块条型石板搭着，寓意两人生生世世相知相守一辈子。

添口柴火灶

农历腊月，鞭炮噼里啪啦炸响了，村民们都在忙着置办年货，收拾农活杂计，清扫室内外卫生。邹其凡老人却煞费苦心为添口柴火灶忙活着。

开工前，按当地的风俗，他选了黄道吉日，请来村里泥瓦匠，在厨房宽阔的位置新砌一口柴火灶。来帮工的侄儿邹大灶睁大眼睛好奇地问："二叔啊，已经用上煤气炉好几年了，咋又重新砌柴火灶呢？"

"哈哈，柴火灶煮的饭菜香呀。"

邻居童月桂跨进厨房门，接上话茬说："是啊，柴火灶烧出来的饭菜的确香哩。可是上山拾柴草，灶膛添柴草也够烦人的，吃力不讨好，还落个不干不净呢。"

此事一传开，村民中有人说："现代化的炉具不用，柴火灶复辟，这不是倒退吗？"还有的村民说："咱农村还是两条腿走路实在，年节做粿炖汤用柴火灶省钱味香，日常煮饭炒菜用煤气炉快捷方便，两全其美。"

难道邹其凡老人添个柴火灶真的像村民想的那样吗？

想当年，农村推广节柴减碳，原来的烧煤烧柴改为燃气，农户使用煤气炉后，大部分农家拆除祖祖辈辈沿用的柴火灶。邹其凡的老伴是个爱整洁的村妇，为了厨房宽敞和干净，她第一个敲掉了砖混结构的柴火灶。翌年春节，多年没有回家过年的儿子邹思念携妻带儿回老家过年。年夜饭菜满桌，不但有自养的土鸡土鸭，还有有机蔬菜等，儿媳和儿子、孙子大快朵颐。邹思念品尝了用煤气灶做出来的饭菜，不经意间脱口而出："煤气灶做的饭菜不香，如果改用柴火灶煮出来的年夜饭，味道肯定不一样呀！"说者无心听者有意，邹思念随口而出一句话，父亲却烙在心底。

邹思念家酿的红酒多喝了几杯，一时兴起，话也多了，给老婆和孩子说起小时候，家家户户都是用土锅柴火灶，烧的是山上拾来的干柴和树叶茅草，母亲在锅灶上做饭做菜，他则守在土锅下面往灶膛里添柴添草，有几次偷偷往灶膛灰里埋进地瓜和芋头，老妈还佯怒地说："就你嘴馋。"那土锅烧出来的饭菜啊，就是香。

再后来，家家户户用上了煤气，就再也吃不到柴火灶烧的饭菜香了。

今天，一口新的柴火灶建成了，前后两个锅，灶膛用釉面红砖砌成。邹其凡摸摸灶面光滑的深红色瓷砖贴面，蹲下身子仔细瞧瞧灶膛够不够标准，烟囱畅不畅通，检查了一遍才满意地站直身。他下巴上的胡须又乱又长，就像用枯萎的苞米穗粘在上面似的。邹其凡抬起右手摸了摸，心里默念道："今年儿子回来过年，就能让他吃上香喷喷的好饭菜了。"他掏出手机急急忙忙给儿子打个电话："孩子，咱家有了柴火灶啦，你回乡下过年吧！"邹思念先是一愣，困惑地说："家里有了煤气灶，使用起来很方便的，为啥还要费力添个柴火灶呢？"

邹思念母亲抢过手机，接上话茬说："孩子，你爹知道你喜欢吃柴火灶饭菜那个味道。"老伴思忖着，能让儿尝到吃惯了柴火灶的饭菜，好好在家陪伴父母，两老才高兴呢！

邹思念不禁咽了一下口水，想到父母等他回家过年的心情，想用那个味道留住孩子在家多陪陪老人，也禁不住心旌摇曳起来……

鸡　汤

　　甘泉小区张妈来自山区农村，她是小区居民公认的好人，人脉广，说话有分量，办事落地有声。左邻右舍有啥事都喜欢找她帮忙，大到婚丧嫁娶，小到托管小孩、接送孩子等，只要别人找到她帮忙，她从不推辞，还用心对待。她为人重义轻利，处世不卑不亢，说话柔声细语，处理事情公正无私，就像棋盘上的经纬线，泾渭分明啊。几十年下来，没有听谁说过她一句坏话。她的心肠柔软，同理心很强，有时候听到别人过于悲惨的境遇，会陪着他们一起默默垂泪，这种朴素的温暖守护，如同一束光，非情深之人不能做到。

　　新冠肺炎疫情时张妈"阳"了，所幸她的身子骨硬朗，很快转阴痊愈。乡下的大女儿心疼老妈营养不足，就宰了自养的土鸡，专程邮寄给老妈。张妈心想："还是女儿心里有妈呀！"

　　张妈将白条鸡清洗干净，对半剖开，内膛见不到一点儿黄油，然后剁成小鸡块，放进焖锅加入净水炖鸡了。

　　一个多小时后，炖锅盖子排气孔冒气，一阵阵鸡肉的清香沁人心脾。土鸡炖好了，儿子出差正好刚进门，闻到土鸡的特殊香味，冲着老妈大喊道："妈，土鸡肉好香呀？"

"你的腿够长的。"张妈说,"没有你的份,先让给最需要的人过把瘾。"

"妈,姐已经告诉我了,是要给你老人家补营养的。"

"孩子,妈不用补,在你这儿吃得好睡得香,身体好着呢。"张妈说,"志英病愈没胃口,也需要鸡肉补营养,这应该吧。你儿子正在长身体学知识紧张阶段,也该增加营养吧。"儿子劝说:"听从老妈安排,但也得留下你一碗,不然姐又要怪小弟了。"

"你就别操心啦。"张妈说着,端起一大碗送到林志英家去。

林志英从省城师大毕业后,被招聘到二实小当老师。去年初结婚后租了和张妈同电梯的两居室,爱人到贫困地区支教两年。这次志英得甲流,爱人得知消息心急如焚,可是学期末教学工作繁忙离不开。志英只好自己硬撑着,好在张妈就住对门,她像照顾自己女儿一样关照林志英。林志英刚开始发高烧那几天,张妈去药店买回退烧药,还给她冷敷、服药、倒水,一直忙活到下半夜,等志英烧退后才回家休息。第二天早晨又上超市买回清淡的食物,煮上利口的早餐,端到床头服务得十分周到……

早上张妈要出去买菜还专门问志英,"要不要买啥菜?可以顺便带回。"她告诉张妈这次患了甲流,和以往大不一样,虽然不烧了,可还是精神不振,四肢无力,动都不爱动,特别没胃口,吃不下东西。

近晌午,门铃响起,躺在床上的林志英有气无力地问道:"谁呀?""开开门,张妈来看你啦。"张妈手里端着那碗鸡汤,说:"顺便给你炖点鸡汤,医生说甲流后要吃鸡肉补补身子,趁热吃了。"

老妈放下鸡汤打开盖子。林志英闻到满屋的香味，一下胃口大开，端起碗喝了一小口："唉哟，真好喝，谢谢张妈！"志英也不客气，一口气把汤喝个碗底朝天，喝完汤再啃起鸡骨头。志英说："这是我几个月来，吃过最好的一顿午餐了。"

眼看志英高兴地喝完鸡汤，张妈心里说不出的高兴。不是母亲胜似母亲，林志英鼻子有些酸楚，那何止是一碗热腾腾的鸡汤哟，而是老人家一颗红彤彤的心……

耳障心明

　　那天早上，单福气和往日一样到海边游泳。环岛路木栈道一带的环卫新来一位女工。她叫灵儿，年近半百，面容却显娇嫩，一头乌发，中等的身材微微发福，一身环卫服显得精神抖擞。一早上班，她挥舞着手中竹扫把像孔雀开屏，上身微向前倾，似埋头在地上"练书法"，左右开弓，扫帚不离地面，扫动时手用力下压，纸屑、落叶、灰尘等随着扫帚的起舞聚拢在一起，地面一干二净。单福气一看灵儿的扫地姿势，啧啧称赞，走过她身边问安："你好，开始干活啦。"她抬起头，微笑着看单福气一眼，点点头却不吭声。在那儿晨练的小周女士告诉单福气说："她听不见。"

　　春季的早晨，天气变化无常，刚才还晴空万里，一会儿乌云密布，下起瓢泼大雨。灵儿放下扫帚躲到雨棚下避雨，她问单福气："你还没吃早餐吧，我的水壶保温性很好，包里带了玉米面，先泡一碗玉米糊给你喝好吗？"单福气摆摆手，说："我已经喝过牛奶了，谢谢你的好意！"

　　灵儿看到单福气脱好衣服要下海游泳时，提醒说："下大雨了别下海吧，天气很冷，要注意身体，不要受凉了。"她就像母亲似的关怀儿女的安全，不停叮嘱着，灵儿的热情温馨让单福气无比感动。一回生二回熟，后来单福气和灵儿经常在一起，如果说一些灵儿听不见的话就用笔写在纸上，两人交流起来也蛮方便的。灵儿高中毕业没有考上大学回了老家，丈夫搞建筑，家庭经济还富裕，儿子读大学了，她在家无聊，出来找个活干，还可以见见世面。

爱护动物就像爱护自己的亲人一样。有一天，灵儿扫地时发现一条小流浪狗在绿篱下不停地发抖。突然，有一条脖颈上套着圈的宠物狗冲向流浪狗，流浪狗有气无力地仰起头发出凄厉的惨叫。灵儿手举扫把赶快冲过去，用竹扫帚挡住宠物狗，不让它欺负流浪小狗。宠物狗对灵儿这一举动十分愤怒，调转头扑向灵儿，灵儿挥舞着扫帚一步步引着宠物狗远离流浪狗。后来，宠物狗的主人跑来，大声喊："红果，你不能对地球美容师无礼！"宠物狗才悻悻跟上主人走了。灵儿返回绿篱下抱起小狗，从背包里拿出自己的早餐，一块炸鸡腿、一杯牛奶让小狗吃饱，还取下脖子上的围巾包裹小狗身子。下班后，灵儿将流浪小狗带到出租屋静养了三天，并给小狗取名"玲玲"。后来，再让玲玲回到草地里，灵儿每天带餐总要给它也带上一份。从此，玲玲不离不弃地陪伴在灵儿身边，有时还跟着灵儿回到出租屋过夜。好多动物是有灵性的，你对它好，它会慢慢感受到。每每单福气看到这一幕，看得入了迷，望着灵儿的背影感叹："善良的灵儿耳障心亮，火热的心好似一颗发亮的灯泡光芒四射！"

有一年，酷暑天下午，草地上躺着一位中年男士游客，口干舌燥，四肢冰凉，中暑了。灵儿懂点防暑知识，她赶快搀扶游客转移到阴凉的雨棚架下，让他躺在长凳上，然后从包里取出十滴水和保温杯，让他服下。过了半个小时，游客"呃"一声，解了暑又激活了血液循环，精神复原了。休息后，要离开时向灵儿告别："谢谢，你的情意，我会永记在心！"

"应该的，遇到别人也会伸出救援之手。"灵儿一边说一边比画着。她慷慨随和的性格，总是替别人着想，虽然不善言辞，很少跟别人讲高深的道理，却能以身作则。从她身上，单福气感受到了正道直行的力量，与人为善，福虽未至祸已远离啊。

章理好人

　　龙眼成熟了，放学后章氏家族有 10 多个小孩，就守在大门口两棵龙眼树下。唯独我的堂哥章理会像猴子似的爬上树去摘龙眼，溜下来时每人手里都会给塞上几粒。上山放牛，杨梅成熟时，红里透黑的杨梅会让你流口水，章理默默爬上去采杨梅，从树上下来，会往每个放牛娃的口袋里都放一把。我喜欢和堂哥一起玩，有时玩得忘了吃饭时间回家，妈妈总不放心地追问跟谁玩了，一听是和章理一起玩，她就放心了。

　　堂哥章理是我们村孩子中的勇敢者。他大我两岁，高个子，身体瘦小，四肢灵活，爬树下河、采野果不在话下，而且心善，乐于助人。他的学习成绩在班上数一数二，章理爸是生产队长，他看着章理长大了，说砸锅卖铁也要供章理上大学。我们村里的家长都拿章理当榜样，来教育孩子。我爸就常说，人家四年级的章理唐诗宋词都会背 200 首了，人家章理看了《水浒传》的连环画，都能说水浒故事了……

　　有一天，顶厝陈大松老汉生病了，无人照顾，据说得了什么与肾有关的疾病，还病得不轻，去过县医院几次，都没给治好，后来找一位土郎中，给开了草药处方，处方中有树上寄生植物，很容易采到。我看见章理从龙眼树上采下骨碎补送给陈老汉。章理得知骨碎补可以治陈大松的病，二话不说，蹭蹭几下子就爬上去了，双脚用力夹住树枝，稳坐在树杈上，抽出腰后的砍柴刀，麻利地刮了起来。骨碎补的根粘在龙眼树的表皮，密被蓬松的灰棕色鳞片覆盖着，横着长，他刀尖插入鳞片下，很容易便将骨碎补撬下。老汉无比感动，有几次他从木箱底翻出仅有的几角钱要给章理，说："宝贝，我真得感谢你，病魔缠身，家里的钱花光了，这几角钱给你买些学习用品吧。"

"陈叔，采草药我力所能及，不会收您的钱，还是治好您的病最要紧。"他婉言谢绝。难怪陈老汉逢人就说："章理心善，好人啊！"章理还利用课后时间和休息日，主动上门志愿服务陈老汉，帮他挑水、劈柴、采药等两年多时间。"六一"国际儿童节，章理还被评为全县"红领巾学雷锋好少年"。

天有不测风云，小学毕业后的暑假，章理跟着父亲上山收割早稻，晚上回家开手扶拖拉机载一车稻谷，突然下起雷阵雨，泥泞的山路既陡又滑，手扶拖拉机下坡像一头猛兽不听使唤，直冲而下，刹车坏了，拖拉机冲出路外，碰到大石头上，袋装的稻谷摔出路外。机上三个人都受了伤，唯章理伤势最严重，所幸及时被送进县医院，命保住了，两脚却被截肢。最为伤心的是章理的父亲，他恨当父亲的保护不了儿子，天天以泪洗面。章理醒过来后安慰父亲说："天灾人祸，难于抗拒，爸你也别自责，儿子不是保住了一条命吗？再说脚没了还有两只手吗。"章理在医疗过程中很好地配合医生，忍痛、吃苦，从不叫一声。

经过治疗，章理用两支木拐夹腋下能挺直身子，能用拐支撑走几步……

章理妈养了一头母猪也很争气，产下 12 只猪仔，章理说来与猪有缘，对母亲说："养母猪的事就交给我吧，我上不了山，下不了地，可以在家喂小猪。"母亲将料理小猪的事交给章理，章理从书店买来有关养猪的书籍，白天备饲料，晚上学知识，备料、煮料，一天喂了五六次。章理因拄拐杖一桶饲料提不动，他就分成一小瓢一小瓢拿。不到一个月，小猪毛发乌黑发亮，只只胖乎乎，圆滚滚。母亲看着一群小猪眉开眼笑，心头像开了花似的，可高兴啦。小猪仔养大了，要卖时价格却跌了，卖不了好价。这难不倒章理，他下狠心全部留起来自己养，良好的母猪再留做种猪，一头变十头，一胎变十胎。章理从书本上学到养猪的知识，又亲自实践，他的猪场越办越好，越办越大，成了全县千头猪场。

　　后来，章理猪场来了一位姑娘，身强体壮，长得秀气，还是个高中生呢。她听说章理的猪场办得好，从邻县农村专门赶过来的，章理妈高兴得不知怎么招待姑娘才好。

　　两个月后，姑娘老家来人。一看章理的状况，就要拉着姑娘走，可姑娘脑子里的那根弦与章理对上了，却坚持留下来，还领了结婚证。姑娘说，章理人好、心好，谁也比不上他。

　　后来，我到外地上学。回家时，常听我妈滔滔不绝地说起章理的事。前一段时间我回老家，专程拜访章理的现代化有机牧场，已经是董事长的章理，走起路坚定有力，步子矫健，风度翩翩，两条腿与常人没有两样，见到谁都高兴地打招呼。我妈说，章理安上了假肢，孩子 8 岁了，那孩子眉眼像章理，可好看了。

　　我郑重地点头说："章理是个好人！"

忆 大 姐

　　姐走了，她走得并不算突然，90岁的人该终老了。大姐被嫁到一个全县最高海拔的高山上，姐夫老实，50岁左右就去世了。去年6月，我专程到绵治村看她，一切都好，她身体硬朗，一幅慈祥的面孔，说起话来还是那样轻声细语，姐弟见面心里蛮高兴的，她抚着我的双鬓喋喋不休："小弟也老了，算起来也已经有70多岁了。"几个月后，没有一点儿先兆，突然接到她仙逝的噩耗电话，我一下子蒙了……

　　大姐25岁才出嫁，这在当时农村算晚婚。后来听母亲提起，她还是因为放不下年幼的我，才一再推迟婚事。当时我家穷得叮当响，孩子多，累坏了母亲。我姐最大，唯有她能替母亲拾柴、煮饭、料理家务。我五六岁前是在她的背上长大的。小时候，我体弱多病，母亲除忙家务还得下田帮父亲干农活，家里留我姐做饭和带两个小弟。我6岁那年得了一场大病，姐姐两个昼夜没有离开过我，白天背在肩上，晚上坐在床沿抱着我，让我安然入睡，那时她不过10岁。

　　姐姐大半辈子的生活比黄连还苦，姐夫早逝，给她留下一身病的婆婆，还有婆家三个孩子。姐姐只生一女，后来还抱养了一个男孩。家大人多，事杂活累，姐姐既当妈又当爹的。家中唯一的男丁，从小娇惯，对我姐常粗口相待，大姐白天上山下田忙农活，晚上回家还得料理一大家子的家务。辛酸的泪水只能往肚里咽。

姐姐出嫁后，还惦记娘家的父母兄弟。三年"瓜菜代"时期，我去看望她，家里没有什么好招待的，她竟然把唯一一只下蛋的小母鸡杀掉，说是给我补养身子。第二天一大早，我不让她送行，草草喝了碗苦菜粥就离开。过了半个小时，她上气不接下气地追到岭头，往我口袋里塞进两个熟鸡蛋。我考上中学时，姐姐赶回娘家送给我不少东西，其中有花费 3 块钱买的一个铝饭盒，这在当时已算不菲的礼物了。这件纪念品，至今我还郑重地保存着。

出殡那天，我再送她一程。送别的队伍中有一位邻居大哥，他比我年长几岁，说话实在，和我姐做邻居已有 48 个春秋。他说，你姐是大好人，自嫁入这穷乡僻壤，大半生吃尽了苦，可从来没有看见她和周边的邻居闹过矛盾，就连口角都不曾争执过。姐姐常说："远亲不如近邻，人生就那么短，何必呢！"偶尔有人挑起事端，她总是跑回自己房里泪往肚吞，自找回避。

大姐走了，她为家人而生，为家人而活，一辈子坦然面世是她的精神境界。姐姐啊，你的音容笑貌永远铭刻在弟弟的心里。

留　饭

　　市场经济十分发达的今天，不兴"留饭"这事儿，错过了饭点随便走出家门口，找个大排档或饭店，叫上几个菜大快朵颐地吃上一餐，也不算啥事。然而，在20世纪六七十年代计划经济的年月里，不要说农村找一家小饭馆难上难，即使在城里大街小巷也不容易找到。那些工薪阶层顿顿量米下锅，每个人限定数量，一日三餐很是难熬。到了吃饭钟点，主人或外出打工者回不来吃饭的，主妇就会在开饭前将他们的份额留下来，称"留饭"，以免被那些饥肠辘辘的小孩们一上桌就把饭钵掏空了。严冬腊月，冰冷的留饭会装进一个陶瓷罐，放到能保暖的地方。

　　李月桂出生在闽南古城的工人家庭，她的父母想要男丁。头几胎像雨后春笋"哇哇哇"蹦出三个女娃，不见男孩不罢休，接着又生出四个女娃，不多不少，又是人间的"七仙女"。李月桂排行老三，按闽南风俗："父母疼男丁，如果没有男丁，也应该疼尾囝。"李月桂既不是男生，也不是小囝，咋能得到父母的特别关爱呢？

　　月桂自小爱劳动，不爱读书，七八岁入学，她却选择逃学，天天跟邻街的大姑娘们直奔郊区果园里拾枯枝、扫落叶，开始抓上一捆，到后来挑回一担，承担了全家的烧柴，一去就是大半天。到了十几岁，李月桂就替妈妈下河洗刷全家衣服，每天早晨天蒙蒙亮，竹扁担一头挂着小木桶，一头挂着一网兜的脏衣服，冬天江水冰冰凉，洗罢两只小脚已经麻木。简单吃完早饭又转战郊区荔枝园，回到家赶不上吃午饭。母亲一边对月桂说："给你'留饭'呢。"一边翻开大床上厚厚的棉被，迅速从被窝里摸出一个陶瓷罐保暖饭钵。月桂妈把饭钵递到女儿冰冷的手里，饿得肚皮已经粘到一块的李月桂，问："妈，你吃过了没？"

"等不到你回来，我先吃了。"妈妈说。

寒冷的冬天，母亲执意为女儿"留饭"好几个月呢。热粥注入了浓浓的母爱，"有人留饭真好！"

一有闲暇，李月桂就拉着几个闺密去听讲故事。有一次，讲古师傅说起新凤霞40年代《留饭的故事》：新凤霞和演员杨星星一起演《拾黄金》。有一天，杨星星突发高烧病倒了，新凤霞便主动提出由自己一个人来演，即一个人唱两个角色的戏，结果赢得观众的满堂喝彩。老板见新凤霞一个人能撑起一台戏，就不想再让杨星星上台了。这样一来，新凤霞的收入相应提高，但杨星星却失去了工作。新凤霞立即找老板说："杨星星身体已经康复了，我们要一同演戏，我不再一个人唱这出戏了。"老板只好同意。戏班里的同行纷纷赞扬新凤霞："这孩子懂事了，知道给人'留饭'了。"

20世纪70年代初，李月桂上山下乡所在的大队有7位同城插队的知青。1971年，县知青办分配这个村一个回城的指标，大队集体研究一致推荐表现最好的李月桂，李月桂却主动让出指标，说："周阿叶是高中毕业生，家里老母亲重病在身，还是先让周阿叶回城照顾母亲。"李月桂竟然将到手的"铁饭碗"拱手送给了周阿叶。

李月桂"留饭"给周阿叶的感人事迹，上了《都市报》，成了当地知青学习的榜样。

犹忆重阳

重阳秋高气爽，正是放风筝的好时节。老家闽南有一句谚语："九月九，风筝满天哮。"每年重阳节，我都要带上孩子们到九龙江边沙滩上放风筝。放风筝是老少皆宜的一项体育活动。我曾经自制风筝，后来市场上的风筝造型新颖，美观大方，款式多样，图方便就现场购买了。外孙女选中的是模仿自然界的蝴蝶、飞鸟、瓢虫等，小外孙喜爱的是模仿现代的飞机、火箭、卫星等空战型的。还在风筝的声音上做做文章，安个哨子、笛子叫得响的，让它满天哮。因此，每年重阳放风筝时，竞争便暗暗地进行，比造型、比体积、比高度、比声音……闽台谚语："风吹掉落土，抢到淡糊糊""风筝上上扬，好运好吉祥！"

闽台一家，重阳节的风俗基本一样，活动内容有登高避邪，食重阳糕或麻糍、九后皇斋等等。2000 年农历九月初九重阳节，我带 5 位农业部门的技术人员，到宝岛台湾学习果树栽培技术。那晚我们住在桃园饭店，晚餐主客就座，东道主桃园农委会负责人说："今天是重阳佳节，台湾有登高为避难之俗，如果没有时间登山也没事，祖先已有弥补的办法，吃'重阳糕'，'糕'与'高'谐音同，吃糕也就表示登高消灾了。晚上请贵客品尝重阳糕和麻糍，再喝几杯菊花酒助助兴。"

如今在台湾《安平县杂记》中可以查到："九月九日，重阳节。人家以麻糍、甘蔗、柿子祀祖先、敬神灵。"中华民族数千年传统，源远流长，血缘亲情是无法削弱和割断的。

宴席散去，我走出饭店来到广场，一眼望去，四处地投灯向天空齐照射，黑夜如同白天，一伙又一伙老少在广场开心地放风筝，有孙女与奶奶争抢拉线权的，有老爷手把手地教孙儿放风筝的，还有恩爱夫妻一起放飞的……黄昏这个时段放风筝再好不过，阳光不那么刺眼了，面向空旷的秋野，心旷神悦。这个夜晚，主人始终伴着我，不离须臾。周老扶着我的肩笑问："兄弟观感如何？"答："大开眼界。"

"老去悲秋强自宽，兴来今日尽君欢。羞将短发还吹帽，笑倩旁人为正冠。蓝水远从千涧落，玉山高并两峰寒。明年此会知谁健？醉把茱萸仔细看。"这是杜甫描绘重阳节的《九日蓝田崔氏庄》诗，凄楚悲壮。啊，小小海峡，浅浅东海，隔不断两岸情深。时至重阳秋风起，每年放风筝，我怀念我的台湾同胞和同行。

理　　解

　　碧玉和何晶是高中三年的同班同学，碧玉是城里人，生长在一个优越的家庭环境里。何晶来自农村，家庭经济和学习成绩都浮游在中等水平线上。两人同龄，在学习上互相帮助，生活上互相照顾，虽然家庭环境不一样，学习成绩方面也有差距，两人心心相印，无话不说。虽然两人的生活习惯、兴趣爱好各有不同，生活中也会擦出火花，产生矛盾，但能守住宽容和理解的底线，一切的分歧和不愉快也会迎刃而解，求得一致。高中毕业离校那天，何晶拉着碧玉的手哭得稀里哗啦。

　　高考后，碧玉考上北京一所大学，何晶被本省的重点大专录取。尽管两个人相距有几千里之遥，而且差距也越来越大，但这些客观条件没能阻止她俩纯真的友谊，两人一直保持电话和微信联系。碧玉大学毕业后又回本市工作，考取了市直机关一名公务员，而何晶分配到农村镇上中心小学当一名人民教师，虽然没能见面相聚，联系也没中断。今天早上碧玉在街上遇见初中的同学佐玉玲，她高兴地问碧玉："何晶要结婚了你知道吗？"

　　"结婚？何晶什么时候结婚的？"碧玉十分震惊地问。这么重要的人生大事，竟然没有邀请我这位好友出席，甚至还封锁了消息。

碧玉回想起来也有很长时间没有联系对方了，原以为是双方走上社会，刚参加工作，万事开头难，联系少了这也说得过去啊，可没想到何晶这丫头咋这么快就结婚了，这么重要的人生大事也没有通知自己。碧玉皱起眉头左思右想，觉得不是那么回事。

碧玉迫切要弄清好朋友结婚咋会不邀请她啊，她想最直接的方式是去结婚酒店找到何晶问个清楚。她没有提前跟何晶打招呼，直奔何晶举办婚礼的酒店。

到达现场时婚宴刚散场，碧玉在酒店大门口遇上佐玉玲，玉玲告诉她新郎新娘已经走了，在回家的路上。

碧玉告别玉玲，连忙招手打了辆的士，匆忙上车，一边仔细回忆这件事的来龙去脉。等的士赶到何晶居住的佳苑小区大门口时。碧玉打开车门，前面一对新人正下车，碧玉收回已经下车的右脚，摇下玻璃窗，当她清清楚楚看见何晶手挽新郎的那一刻，她愣住了，原来新郎是她高中的同学，也是她的初恋男友。

碧玉躲在车里，突然明白何晶为何没有邀请自己参加婚礼，也许就是因为这个缘故呀！虽然自己跟初恋已经分手好几年了，但此时还是大吃一惊。何晶从来没有提起过自己的对象，偶尔问她也都被她转换话题或是遮掩了过去。

自己曾经的恋情都成了过往烟云，刚才还很气愤的心情一下子释怀了。碧玉想，换作是自己，也不会通知好朋友的。

碧玉还沉浸在回忆中，"叮咚"收到一条微信，她打开一看，是何晶发来的："玉，我今天举行婚礼，新郎你也认识，没邀请你参加的原因你会理解的。前年，我老爸患了一场大病，作为同学的他尽心尽力，我俩也建立了爱情，现在在同一所小学教书，互相关照得到，命运有时也很搞笑，你说是吗？"

碧玉望着一对新人幸福的背影，默默回复："祝你们幸福！"她说出这句话，脸上慢慢浮现出了笑容，那是一种释然，一种理解。

后　记

　　在神圣的文学殿堂，我深感才疏学浅。回头看，虽然前面已有22本集子正式出版发行，但内容多为科学小品和儿童文学。如今我的第一本科普散文集问世了，感到特别高兴。

　　感谢福建省散文家林万春老师在我的文学道路上一以贯之的关心、鼓励和指导！老友马乔在传授地理标志知识的百忙之中，挤出时间写了序，言为心声，我都挺喜欢。

　　在我退休后的日子里，有幸与《厦门日报》城市副刊结缘，虽然未曾与这些编辑谋面，却给我留下深刻的印象。曾记得，几年前我将习作投给"城市副刊"，海鹰老师为一篇石碾的旧照拙文，多次指导并亲自修改润色，最终得以见报。为他人做嫁衣，多年来，海鹰、少英两位老师对我的投稿认真指导，一篇篇文字，从标题到修辞、细节、故事，都凝聚了她们的心血。今年的《牛背上读书的记忆》一文，少英老师建议将我外孙的观感放于文末，前后呼应，既严谨又精彩。一棵《花草香》在福建日报《武夷山下》这块园圃破土开花，我颇感欣慰，衷心感谢楚楚、树红霞等老师的扶持和指导。《福建老年报》贴近老年文学爱好者，版面多姿多彩，编辑林婷、黄可强、林玮韦等老师是我学习的榜样。

写作有如苦海行舟、风雪登山，但前头有无数灯塔照耀，悉心引导，我会勇敢前行，争取永不掉队。

编者

2024 年中秋节前夕